MLB

메이저리그

# MLB-메이저리그 6

말리브해적 장편소설

초판 1쇄 찍은 날 § 2016년  1월  8일
초판 1쇄 펴낸 날 § 2016년  1월 15일

지은이 § 말리브해적
펴낸이 § 서경석

편집책임 § 한준만
디자인 § 신현아

펴낸곳 § 도서출판 청어람
등록번호 § 제387-1999-000006호
등록일자 § 1999. 5. 31
어람번호 § 제1-2334호

주소 § 경기도 부천시 원미구 부일로 483번길 40 서경B/D 3F (우) 14640
전화 § 032-656-4452  팩스 § 032-656-4453
http://www.chungeoram.com
E-mail § chungeorambook@daum.net

ISBN 979-11-04-90594-0 04810
ISBN 979-11-04-90474-5 (세트)

FUSION FANTASTIC STORY
6
말리브해적 장편소설
KANG
82
MLB
메이저리그
도서출판 청어람

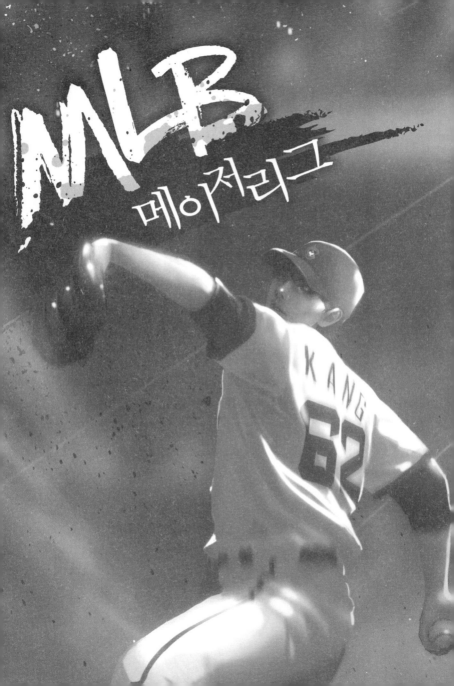

# Contents

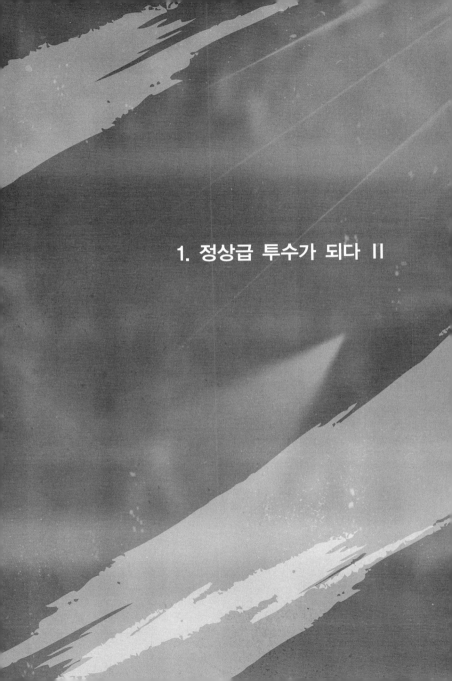

# 1. 정상급 투수가 되다 II

경기가 시작되기 한 시간 전에 삼열은 3루 쪽 관중석으로 가 아이들과 함께 사진을 찍고 사인도 해줬다. 그가 아이들에게 이렇게 친절한 이유는, 처음에는 비록 불순한 의도였지만 지금은 아이들과 함께 이야기하는 것이 아주 즐겁기 때문이었다.

곱슬머리 아이가 물었다.

"R 디메인의 너클볼을 이길 수 있어요?"

"물론 난 이기려고 최선을 다할 거다. 그런데 투수는 아무리 잘 던져도 이길 수 없단다. 타자들이 점수를 내주지 않으면 말이야."

"헤헤. 맞네, 맞아."

아이가 귀엽게 웃자 삼열은 파워 업을 외쳤다. 그러자 아이
들도 얼떨결에 파워 업을 따라 했다. 삼열은 파워 업을 잘 따
라 외치는 아이들을 보고 회심의 미소를 지었다.

"자, 내가 잘할 때마다 파워 업을, 내가 힘들 때도 파워 업
을 외쳐 주는 거야. 알겠지?"

"응. 파워 업!"

"내가 더 빨리 할 거야. 빠워~ 업."

"바보야, 넌 발음이 틀렸잖아. 이렇게 해야지. 파워 업!"

옆에 있던 아이가 핀잔을 주었다. 삼열은 그 모습을 보며
빙그레 웃었다.

삼열은 아이들과 헤어져 다시 그라운드로 돌아왔다. R 디
메인이 몸을 풀고 있다가 그를 보고 다가와 인사를 했다.

"삼열 강, 반가워. 어제 너의 홈런은 잘 봤어."

"아, 미스터 R 디메인. 반가워요. 오늘 드디어 너클볼을 보
게 되는군요. 하하!"

"우리 딸도 삼열 강을 좋아해. 물론 나만큼은 아니지만. 항
상 아이들이 파워 업을 외치고 다니지."

"아, 멋진 딸을 두셨네요."

R 디메인은 성격이 좋았다. 삼열이 전의를 불태우려고 했는

데 선량한 얼굴로 딸이 파워 업을 외친다고 하는 말에 마음이 약해졌다.

'아, 왜 나를 응원하고 난리야. 물론 오늘은 아빠를 응원하겠지만 이제 나를 미워하게 될지도 모르겠네.'

R 디메인은 올해 38세이지만 메이저리거 4년 차밖에 안 된다. 물론 그전에도 트리플A와 메이저리그를 오갔었지만 별다른 성과를 내지 못했었다.

'뭐, 항상 이길 수는 없고, 또 진다고 풀 죽을 일도 아니지만 최선을 다해보자.'

삼열은 다시 마음을 다잡고 R 디메인을 어떻게 하면 이길까 생각했다. 그러는 사이에 시간이 흘러 경기가 시작되었다.

"헤이, 삼열! 발라 버려."

"걱정하지 마. 쟤들 다 죽었어."

삼열은 매튜 뉴먼의 말에 대답했다. 매튜 뉴먼은 어제 팀이 연패를 끊으며 승리하게 되자 기분이 아주 좋아졌다. 그것도 다른 누구도 아니고 존 칸타나를 상대로 얻은 승리니 그 의미가 각별했다.

드디어 경기가 시작되었다. 마운드에서 R 디메인이 여유만만한 표정으로 서서 공을 던지기 시작했다.

삼열은 더그아웃에서 R 디메인이 던지는 공을 바라보았다.

어제 부상을 당한 빅토르 영 대신 출전한 아일 로드가 삼구 삼진을 당하고 물러났다.

R 디메인의 공은 빠르지는 않았지만 예측하지 못하는 곳으로 날아와 타자가 속수무책이었다. 일반적으로 타자들이 너클볼을 어려워하는 가장 큰 이유는 공의 궤적이 일정하지 않다는 점이다.

대체로 커브든 직구든 체인지업이든 공이 날아올 때 일정한 패턴이 있다. 그리고 그 각이 예리하면 타자는 알면서도 공을 칠 수가 없다.

하지만 너클볼은 그런 궤적 자체가 없다. 공기나 바람의 영향으로 공이 나비처럼 춤을 추기 때문이다. 심지어 스윙할 때 나는 바람의 영향을 받기도 한다.

"와우, 대단한데."

삼열이 중얼거리자 옆에 앉아 있던 매튜 뉴먼이 고개를 끄덕였다. 그는 오늘 클립보드에 삼열의 투구 내용을 기록하는 일을 한다. 이전 경기에서 공을 던진 투수 중 한 명이 오늘 던지는 선발투수의 기록을 적는 역할을 하는 것이다.

이렇게 하면 상대 타자들이 어떤 구질의 공을 어려워하는지를 알 수 있게 된다.

예를 들면 6, 7, 8번 타자에게 투수가 투 스트라이크 이후에 변화구를 던졌을 때 그들이 어려워한다든지, 아니면 어떤 선수가 체인지업에 약한지를 기록을 통해 알 수 있게 되어 다음 이닝에 공을 던질 때 매우 유효한 정보가 된다.

"마구가 괜히 마구가 아니지."

매튜 뉴먼이 삼열에게 말했다. 아무래도 어제 그가 6회 말에 물러난 뒤 삼열이 바로 2점 홈런을 때려 승리투수가 된 것에 고마워하는 마음이 남아 있는 듯했다.

2번 타자 스트롱 케인은 끈질기게 R 디메인과 승부를 하더니 기어이 안타를 치고 1루로 나갔다.

늘 3할 이상을 치는 그는 올해 늦게 발동이 걸리는지 성적이 좋지 않았다. 하지만 그는 한 방도 있고 언제든지 안타를 칠 수 있는 선수였다.

"어떻게 한 거야?"

삼열이 벌떡 일어나 1루에 서 있는 스트롱 케인을 바라보았다. 그는 안타를 친 것이 기쁜지 밝은 얼굴로 1루에 있는 주루 코치와 이야기를 하고 있었다.

너클볼 투수는 도루 저지 능력이 대체로 약하지만 R 디메인은 그렇지도 않았다. 그는 너클볼만 던질 수 있는 투수가 아니다. 또 그의 공은 고속 너클볼이고.

그의 너클볼은 구속이 130km/h이나 되며 직구는 140km/h 정도다. 그래서 그의 너클볼은 치기가 힘들다. 제구까지 되는 너클볼을 치는 것은 타자에게 무척이나 어려운 일이다.

1루 코치가 스트롱 케인에게 뭔가를 이야기하고 있었다. 아마도 리드 폭을 너무 길게 잡지 말라는 것 같았다. 역시나 그의 리드 폭은 세 걸음 이상 넘지 않았다. R 디메인이 견제구를 몇 번 던졌지만 그때마다 스트롱 케인은 재빠르게 1루 베이스를 밟았다.

하지만 3번 타자와 4번 타자가 R 디메인의 공에 모두 삼진을 당해 공수가 교대되었다.

'오늘 경기하기 날씨가 구리구리한데.'

삼열은 마운드로 걸어나가면서 하늘을 슬쩍 바라보았다. 하늘은 비가 올 것이라도 할 듯 우중충했다.

삼열은 깊게 숨을 들이마셨다. 깊게 숨을 들여 마시자 관중석의 열기도 따라 들어온 듯 심장이 뜨거워졌다.

삼열은 마운드에 서서 경기가 시작되기 전에 파워 업을 외쳤다. 그러자 3루를 중심으로 파워 업 소리가 크게 울려 퍼졌다.

특히 아이들은 제자리에서 방방 뛰면서 소리를 질러대었다. 삼열은 그 환호를 들으며 평상시와 같이 마인드 컨트롤을 했다.

"여기는 나의 영토, 나는 왕이다."

삼열은 호흡을 가다듬고 포수의 사인을 바라보았다. 그리고 곧바로 공을 던졌다. 손끝에 공의 실밥이 착 달라붙었다.

공은 날아가다가 타자의 앞에서 뚝 떨어지며 바깥쪽으로 휘어져 들어갔다.

펑.

"스트라이크."

1번 타자가 삼열의 공에 움찔하며 놀란 듯 보였다. 커터의 구속이 145㎞/h가 넘어갔으니 그가 놀랄 만했다. 삼열은 다시 호흡을 가다듬고 낮게 바깥쪽으로 투심 패스트볼을 던졌다.

딱.

빗맞은 공이 데굴데굴 삼열의 앞으로 굴러왔다. 삼열은 공을 잡아 1루로 던졌다. 토레스는 1루로 뛰다가 아웃이 되자 고개를 숙이고 더그아웃으로 들어갔다.

그는 삼열이 초구를 스트라이크로 잡으니 차분하게 기다릴 수 없었다. 지금도 스트라이크 존을 끝에 걸치고 있어서 때리지 않았다 하더라도 스트라이크 판정을 받을 공이었다.

안드리안 토레스는 벤치에 앉아 고개를 저었다. 1번 타자는 공을 가능한 한 오래 끌면서 그날 투수의 구질이 어떤가를 살펴야 한다. 하지만 그는 살필 필요도 없을 것으로 생각했다. 자신에게 들어온 공은 완벽하게 제구된 것들이었다.

"어땠어?"

"말도 마, 무브먼트가 작살이야. 눈앞에서 공이 춤을 춰. 벌이 앵앵대듯이 마구 움직이더군. 게다가 다 스트라이크로만 들어와. 스트라이크이긴 한데 볼이나 마찬가지인 그런 스트라이크 말이야."

"오 마이 갓!"

타자들이 하는 말을 R 디메인도 들으려고 귀를 쫑긋했다. 지금까지 그는 26이닝을 무실점으로 이어오고 있었다.

바람과 습도의 영향을 많이 받는 너클볼은 날씨가 나쁘면 망치고 반대로 날씨가 좋으면 천하무적이 되는 구질이다. 무회전으로 날아가다 보니 중간에 공기의 흐름의 영향을 받아 변하기 때문이다. 따라서 투수도 자신이 던진 공이 어떻게 될지 모른다.

비가 오거나 바람이 불면 어떻게 해볼 수도 없다. 손가락의 힘만으로 밀어서 던지는 공이다 보니 반발력이 없기 때문이다. 그러니 바람이 강하게 부는 날은 컨트롤이 엉망이 되고 방어율은 치솟는다.

오늘은 외야 쪽에서 바람이 불어오고 있어 R 디메인은 얼굴을 찡그렸다.

펑.

"스트라이크."

두 번째 타자가 아웃되면서 3번 타자가 타석에 들어섰다.

3번 타자인 다비드 루이스는 2007년에 30(홈런)—30(도루)

클럽에 가입하기도 하였는데 언제든지 홈런을 칠 수 있는 타자였다.

그는 지금도 메이저리그 공격 부문 10위권 안에 든다. 메츠의 심장이라고 할 수 있는 선수로, 기본적으로 항상 3할 이상을 치는 타자다. 게다가 발이 빨라 진루하면 골치가 아픈 선수다.

삼열은 와인드업을 하자마자 공을 던졌다.

펑.

"스트라이크."

낮게 들어간 포심 패스트볼이 100마일이 넘었다. 전광판에 100마일이라는 수치가 찍히자 시티 필드에서 작은 소란이 일어났다.

전형적인 파이어볼러인 삼열의 공은 노리는 공이 들어와도 치기가 곤란한데 이렇게 낮게 제구가 형성된다면 더 말할 나위가 없다.

'자식, 눈빛으로는 지구라도 반쪽 내겠다.'

삼열은 자신을 뜨겁게 노려보는 다비드 루이스를 보며 생각했다.

'정신을 집중하자.'

공을 받았으니 이제 던져야 한다. 삼열은 이번에는 커브를 던졌다. 낙차가 큰 공이 날카롭게 휘어지며 미트로 빨려 들어갔다.

펑.

"스트라이크."

삼열은 상대의 표정에서 노리고 있는 것을 느꼈다. 아무리 그라도 이렇게 강렬하게 노리고 있을 때는 김을 빼줘야 한다. 타자와 밀고 당기기를 잘해야 효율적으로 공을 던질 수 있다.

삼열은 이번에는 체인지업을 던졌다. 스트라이크 존에서 공 두 개 정도 빠지는 공이었는데 타자의 배트가 따라 나왔다.

펑.

"스트라이크."

삼열은 다비드 루이스의 얼굴이 한껏 일그러지는 것을 보고 마운드에서 내려왔다. 삼열이 마운드에서 내려오자 관중석에서 박수가 터져 나왔다.


컵스의 공격.

로버트가 첫 타자로 타석에 들어섰다.

삼열은 로버트의 타격 실력을 알고 있었기에 저 녀석은 절대 못 칠 거라고 장담할 수 있었다. 아직까지 그는 세밀함에서는 많이 부족했기 때문이다.

어디로 올지도 모르는 너클볼을 로버트가 칠 수 있을 것이라고는 전혀 생각하지 못했다. 그런데 그는 나가자마자 초구를 받아쳐서 1루로 진루하였다.

"어, 저럴 놈이 아닌데."

다비드 위드가 삼열의 말에 피식 웃었다.

컵스의 선수라면 삼열과 로버트가 라이벌 의식을 가지고 있다는 것을 모르는 사람이 없다. 누가 더 훈련을 많이 하나 하는 경쟁을 둘이 매일같이 벌이니 말이다. 그것도 포지션이 같은 타자끼리나 투수끼리도 아니고 투수와 타자 간의 묘한 경쟁이었다.

최근에 삼열이 안타를 자주 치면서 로버트를 놀렸기에 로버트가 벼르고 있던 것을 위드는 알고 있었다. 오늘도 연습장에 도착한 삼열이 로버트에게 '봤지? 난 발로 쳐도 홈런이야!' 하고 놀리는 것을 지나가면서 우연히 보았었다.

선두 타자가 진루했지만 존 마크가 삼진, 스티브 칼스버그가 삼진, 존 레이가 파울 플라이로 아웃되면서 다시 공수가 교대되었다.

삼열은 이번 이닝도 더그아웃에서 R 디메인의 투구를 유심히 지켜봤지만 공략할 방법을 찾지 못했다.

"망할, 연장 11회까지 던져야 하는 거 아닌지 모르겠네."

삼열이 심통이 난 어투로 말을 하자 주위에서 선수들이 웃음을 터뜨렸다.

삼열은 마운드에 올라가며 다시 투구에 집중하였다. 4번 타자 반 아이크는 부상으로 작년에 36경기밖에 나오지 못한 선수였다.

그러나 그는 이번 시즌에는 타율이 0.302로, 일곱 개의 홈런을 친 강타자다. 3번 타자 다비드 루이스와 마찬가지로 빠른 공에 강점을 가지고 있기에 삼열이 특히 조심해야 할 타자였다.

삼열은 안전하게 맞아도 장타가 상대적으로 낮은 컷 패스트볼을 던졌다.

딱.

공이 땅볼이 되어 3루 쪽으로 굴러갔다. 3루수 이안 벅스가 번개처럼 달려와 공을 잡았다.

'성격들이 급하네.'

삼열이 볼을 거의 던지지 않는다는 것을 알아차린 메츠의 타자들이 빠르게 승부를 해왔다.

5번 타자를 삼구 삼진으로, 6번 타자의 안타성 타구를 로버트가 잡아 1루로 던져 아웃시켰다. 삼열이 던지는 날에는 유독 로버트가 수비에서 펄펄 날았다. 일종의 경쟁의식의 발로인 것 같았다.

삼열은 다시 공 여덟 개로 삼자범퇴를 시키고 마운드에서 내려왔다. 하위 타선이라 상대적으로 공략하기가 쉬웠다.

마운드에서는 엄청나게 제구가 잘되는 삼열과 스트라이크와 볼만 제구되는 R 디메인의 싸움이 팽팽하게 진행되고 있었다.

"뭐 해, 안 나가고?"

"에… 나야?"

"그래. 존 레이가 마지막으로 아웃되었잖아."

"아참, 까먹었네."

삼열은 배트를 들고 타석으로 들어섰다. 그때 새파랗던 하늘이 점점 검어지고 있었다.

'비가 오려나 보다.'

바람이 조금씩 불어오고 있었는데 그 사이로 축축한 습기가 느껴졌다.

'혹시 승리의 여신이 나에게 미소를?'

그때 공이 날아왔다.

펑.

"스트라이크."

삼열은 딴생각을 하면서도 R 디메인이 던지는 공을 뚜렷하게 보았다. 진짜 공의 궤적이 희한했다. '어?' 하는 사이에 공이 미트에 들어가 박혔다.

빠른 것은 아니었지만 마치 나비가 이리저리 움직이는 것처럼 공이 날아들어 왔다.

'이러니 못 치지.'

꼭 강속구를 던지는 투수만이 메이저리거가 될 수 있는 것은 아니다. 제구가 아주 잘되면 보통의 공으로도 타자들을 압도할 수 있다. 너클볼러를 본 적이 없는 컵스의 타자들에게 R 디메인의 공은 정말 치기 어려운 마구였다.

펑.

"스트라이크."

다시 공이 날아와 박혔다. 빠른 것도 아닌데 칠 수가 없었다.

"젠장, 눈 감고 쳐야 하나?"

삼열은 피식 웃고 마운드에서 공을 던질 준비를 하고 있는 R 디메인을 바라보았다.

'젠장, 그래 난 루크 애플링이다.'

그는 루크 애플링처럼 R 디메인에게서 서른 개의 공을 던지게 하는 것을 원하지는 않았다. 단 열 개만이라도 쳤으면 하는 것이 삼열의 바람이었다.

삼열은 극단적으로 배트를 어깨 부분으로 내리고 다음 공을 기다렸다.

딱.

"파울."

딱.

"파울."

딱.

"파울."

파울 볼이 세 개나 나왔지만 R 디메인의 표정은 조금도 변하지 않았다. 역시 강속구 투수들과 달리 그는 공을 슬쩍슬쩍 던지고 있었다. 삼열은 투구 수 테러를 한다는 의도보다는 타격의 메커니즘을 한 수 배운다는 심정으로 타격에 임했다.

딱.

데굴데굴.

공이 R 디메인의 앞으로 굴러갔다. 삼열은 배트를 든 채 그대로 더그아웃으로 들어와 버렸다. 아무리 투수라고 하더라도 이것은 비매너였다. 하지만 삼열은 그런 것에는 아랑곳하지 않고 오로지 R 디메인이 던진 공만 생각했다.

1번 타자, 2번 타자 역시 아웃이 되었지만 R 디메인은 이번 이닝에서도 많은 공을 던졌다.

삼열은 마운드로 걸어가면서 타격이 굉장히 재미있다고 느꼈다. 투수만큼은 아니지만, 상대 투수가 무슨 구종의 공을 던질까 예측하는 것이 생각보다 재미있었다.

물론 R 디메인의 너클볼을 상대로는 이런 예상을 하는 것 자체가 무의미하지만 말이다.

그는 1번 타자 토레스를 삼구 삼진으로 잡고 2번 타자 쟌

머피를 내야 플레이로 잡았다.

"아자, 아자! 파워 업!"

삼열은 공을 받기 전에 재빨리 구호를 외쳤다. 그러자 3루에서 파워 업 소리가 메아리처럼 들려왔다.

3번 타자 다비드 루이스가 다시 타석에 들어섰다.

'아, 새끼. 무지 꼬나보네. 눈에서 레이저 나오겠다.'

삼열은 눈빛이 신경 쓰였지만 포수가 요구하는 대로 무심코 포심 패스트볼을 던졌다.

따악.

"젠장! 퉤!"

삼열은 침을 뱉고는 누상을 천천히 도는 라이트를 향해 글러브를 낀 채 박수를 보냈다. 빠른 공에 강하다고 하더니 역시나였다.

공이 가운데로 조금 몰린다 싶었는데 그것을 놓치지 않고 그대로 담장을 넘겼다. 자신의 구질이 그에게 완벽하게 읽힌 것이다.

삼열은 마음이 쓰라렸지만 사람들에게 대범하게 보이고 싶었다. 어차피 1점이고 홈런이나 안타를 안 맞을 것이라고도 생각하지 않았다.

언제 어느 때 홈런을 맞을지 몰라 삼열은 항상 마음의 준비를 하고 있었다.

4번 타자 반 아이크를 삼진으로 잡고 더그아웃으로 들어왔다. 더그아웃에서 삼열은 큰소리를 쳤다.

"2점 안으로 막을 테니 어떻게든 해봐. 지금 비가 오려고 하니까 잘될 거야."

"왜, 1점짜리 홈런 하나 더 주게?"

"이게 매를 벌어요, 매를."

삼열이 주먹을 움켜쥐자 로버트가 움찔 놀라 뒤로 한 걸음 물러났다.

"그런데 비가 오는데 뭐가 잘돼?"

"공기가 습하잖아. 그렇다는 것은 너클볼이 무거워진다는 거야. 즉, 밋밋하게 들어온다는 거라고. 알겠어?"

"그래?"

"아이고, 공부 좀 해라. 넌 타자가 그것도 모르냐?"

"하하, 난 그런 것 몰라도 잘 쳐."

"입만 살아서."

삼열이 홈런을 맞고도 활달하게 이야기를 하자 더그아웃의 분위기도 나쁘지 않았다.

35세가 되어서야 제대로 투수 대접을 받기 시작한 R 디메인은 6년 동안 마이너리그를 전전하면서도 야구에 대한 열정을 포기하지 않았다.

삼열은 그가 히말라야 산맥을 산소통 없이 올라갔다는 기사를 읽었었다. 이 등정으로 그는 인도 뭄바이 매춘 여성을 위한 후원금을 모을 수 있었다.

메츠 구단이 안전 장비를 갖추지 않고 등정하는 것을 이유로 연봉 425만 달러를 받지 못하게 될지도 모른다는 통고를 했지만 R 디메인은 기꺼이 그것을 감수하겠다고 구단에 말하고 등산했다.

사람은 자신이 걸어온 길, 그리고 앞으로 걸어가야 할 길을 되돌아볼 필요가 있다. 정직하게 살아왔나, 그리고 목표가 부끄러운 것이 아닌가 하고.

킬리만자로를 등정하고 내려와서 그는 한결 편안하게 공을 던지게 되었다고 한다. 그는 거기서 마음의 여유와 가족의 소중함을 느끼고 왔다고 한다.

시간은 모든 인간에게 공평하지만 무엇을 선택하느냐에 따라 인간은 행복해질 수도 불행해질 수도 있다. 삼열은 그런 면에서 R 디메인이 좋았다. 절대로 그의 딸이 자신의 팬이라서 그런 것은 아니었다.

'하지만 발라야지, 뭐.'

삼열은 R 디메인이 공을 던지는 데 애를 먹으면서도 타자들을 삼진으로 잡아내는 것을 보았다. 그는 확실히 노련했다. 그의 너클볼이 제구를 제대로 잡을 수 있는 것이라고는 하지만 노련함이 없이는 절대로 던질 수 없다.

그런 의미에서 너클볼을 던지는 투수는 존경받아 마땅하다. 하나의 구질을 익히기 위해 투자한 그 많은 시간과 세월만큼이나 인내의 땀을 흘렸으니까 말이다.

더욱이 너클볼은 가장 극한의 상황에 처한 다음에야 투수들이 배우기 시작한다. 투수로서 더 이상의 가능성이 없을 때 배우는 구질이 바로 너클볼이다.

"하아, 또 나가자."

삼열은 천천히 마운드로 걸어 올라갔다. 사람들은 투수가 던지는 것을 좋아하며 지켜보지만 마운드는 피가 흐르지 않는 전쟁터다. 모든 투수는 어깨가 빠져라 공을 던진다. 승리를 위해서.

5번 타자 마이클 베이가 타석에 들어섰다. 그는 피츠버그에 있을 때는 꽤 좋은 성적을 거두었지만 지금은 장타력이 사라져 꽤 어려움을 겪고 있었다. 메츠가 올해 힘을 못 쓰는 데는 5번 타자의 장타력이 낮은 것도 한몫했다.

이전 이닝에서 1, 2, 3번 타자가 삼자범퇴를 당했다면 다음 이닝에서는 당연히 4번 타자가 첫 타자가 된다. 4번 타자는 팀에서 가장 장타력이 있는 선수가 맡는 게 정상이다. 5번 타자가 중요한 이유가 여기에 있다.

5번 타자에게 장타력이 없으면 투수에게는 선택의 여지가 하나 더 생긴다.

4번 타자를 볼넷으로 보내고 5번 타자와 승부할 수 있게 되는 것이다. 또는 4번 타자를 거르지 않는다 하더라도, 볼넷을 각오하고 유인구로만 승부할 수도 있다.

그래서 3, 4, 5번은 모두 장타력과 찬스에 강한 선수가 맡아서 해야 강팀이라는 소리를 듣게 된다.

삼열은 공을 던졌다. 손끝에 걸리는 공의 감촉이 무척이나 좋았다. 공은 휘어진 파리채처럼 정교하게 날아갔다.

펑.

"스트라이크."

삼열은 지금까지 컷 패스트볼과 투심을 주로 던졌다. 간간이 포심 패스트볼을 던지기는 했지만 아직 타순이 두 번째라 체인지업과 커브를 던지지 않고 있었다. 직구 위주의 투구 패턴이라도 아직 전력투구하는 것이 아니라서 남은 이닝에 문제될 것은 없었다.

5번 타자를 삼진으로 돌려세우고 삼열은 가벼운 한숨을 내쉬었다.

오늘따라 공을 던지는 것이 조금 버겁다는 느낌이 들었다. 공을 던지기 전에는 몸 상태가 굉장히 좋았는데 공기 중에 습기가 있어서인지 움직임이 부자연스러웠다. 그는 메츠의 하위 타선을 처리하고 마운드를 내려왔다.

"헤이, 오늘 좀 힘들어하는 것 같아."

"그러게. 몸이 무겁네."

"네가 그런 날도 있다니, 이제야 사람으로 보인다."

1루수 존 레이가 다가와 삼열에게 말을 걸었다.

컵스의 공격이 다시 시작되었다.

공기가 조금 달라진 것 같은데도 R 디메인의 공은 변함없이 위력적이었다. 이 정도의 날씨라면 너클볼이 영향을 받아야 하는데 타자들이 그의 공에 맥을 못 쳤다. 아마도 그가 던지는 구속 때문인 듯했다.

그가 던지는 너클볼은 변화는 작은 대신에 구속이 빠르기 때문에 그만큼 날씨에 강한 것 같았다. 그리고 아직은 바람이 살살 불고 있어서 타자들이 그의 공을 여전히 어려워하고 있었다.

웨이크필드보다 그의 너클볼이 10마일, 패스트볼도 10마일 정도가 빠르다. 즉, 웨이크필드보다 16㎞/h가 빠르다는 말이다.

125㎞/h의 공은 메이저리거에게는 배팅 볼 수준도 안 된다. 그러나 평균 125㎞/h의 너클볼이 나비가 춤을 추듯 날아오면 속수무책이 된다. 볼 끝이 살아 있다면 이야기가 또 달라진다.

삼열은 오늘 진정한 마구가 무엇인지를 춤추는 너클볼을 통해 배웠다. 그 모습을 보면서 삼열은 다시 한 번 스크루볼을 반드시 배우겠다는 결심을 하였다.

"젠장, 이제 나가야지."

"너도 금방 다시 들어오겠군."

"그러네요."

메츠의 공격은 8번 타자부터 시작이었다. 8번 타자 잉스 테하다는 작년에 96경기에 출전하여 93개의 안타와 36타점을 올렸다. 홈런은 한 개도 없는, 그다지 어려운 타자는 아니었다.

삼열은 마운드에 서서 호흡을 골랐다. 쉬운 타선일수록 방심하면 한 방에 무너질 수 있다는 것을 너무나 잘 알고 있다. 그래서 공 하나하나를 정성을 다해 던졌다. 덕분에 잉스 테하다를 삼구 삼진으로 잡았다.

다음 타자로 R 디메인이 타석에 들어섰지만 그는 별로 타격을 하겠다는 의지를 보이지 않았다.

하긴 38세의 그가 주루플레이를 한다는 것은 문제가 있다. 칠 의사가 없는 그를 가볍게 삼진으로 잡아 두 개의 아웃 카운트를 만들었다.

다음으로 1번 타자 토레스가 타석에 들어섰다. 그는 나름 열심히 하지만 타율이 0.225로 너무 낮아 요즘 마음고생이 심하였다.

삼열은 초구로 컷 패스트볼을 던졌다. 가운데로 날아가는 공이라 토레스의 배트가 자연스럽게 따라 나왔다. 그러나 공은 타자 앞에서 떨어지면서 옆으로 흘렀다.

딱.

배트의 밑에 비껴 맞은 공이 3루 쪽으로 흘러가자 이안 벅스가 재빠르게 뛰어나와 공을 잡아 1루로 던져 타자를 아웃시켰다. 수비만큼은 확실히 많이 좋아진 컵스였다. 강팀의 면모가 서서히 나타나고 있었다.

삼열은 선선한 바람을 맞으며 마운드를 내려왔다. 비가 오기 전에 부는 바람인지 꽤 서늘했는데, 불현듯 불안감이 그를 엄습해 왔다.

'뭐지, 이 뒤통수를 때리는 불안감의 정체는? 혹시……?'

비가 올 것이면 빨리 왔으면 싶었다. 삼열은 컵스의 공격이 시작되면서 첫 타석에 들어서서 불안감의 정체인 하늘을 올려다보았다.

R 디메인도 삼열의 생각을 알아챘는지 공격을 서둘렀다. 바람이 불어서인지 공이 아까보다 더욱 춤췄다. 삼열도 사력을 다해 공격했지만 8구 만에 삼진으로 물러났다.

다른 타자들도 삼열과 비슷한 생각을 했는지 공격을 최대한 느리게 하려고 했지만 노련한 R 디메인의 구위에 밀려 속수무책으로 삼진을 당했다.

스트롱 케인이 경고까지 먹으며 승부를 끌었지만 소용이

없었다. 심판들로서는 어느 팀이 이기든 상관이 없으니 무승부를 원하지 않는다.

그때였다.

후드득후드득.

비가 내리기 시작했다. 수비하러 뛰어나가던 컵스의 타자들이 머뭇거리며 심판과 감독의 얼굴을 바라보았다. 심판도 하늘을 올려다보았다. 어느새 몰려든 검은 구름이 시티 필드를 잡아먹고 퀸즈 시내를 뒤덮기 시작했다.

바람까지 불었다. 비가 얌전하게 내리는 것이 아니라 사선으로 날아들었다. 선수들은 비를 피해 더그아웃으로 들어갔지만, 그래도 사선으로 날아드는 비를 피할 수 없게 되자 안쪽으로 깊숙이 들어갔다.

"엿 되었네."

"이러면 안 되는데."

선수들도 삼열이 등판하는 날에는 모두 승리를 자신하고 있었다. R 디메인이 대단하기는 하지만 100마일의 강속구를 가지고 있는 삼열도 그 못지않다고 여겼기 때문이다.

게다가 R 디메인은 이미 90개 가까이 공을 던지고 있었다. 6회 초가 끝난 시점에서 볼 때 그는 한두 이닝밖에 더 던지지 못할 것이고 삼열은 52개의 공을 던졌으니 완투도 가능한 상황이었다.

너클볼을 던지는 것이 상대적으로 힘이 별로 들지 않는다 하더라도 말이다.

너클볼은 공의 회전을 죽여야 하기 때문에 관절에 힘을 빼고 던져야 한다.

즉, 관절을 튕기듯이 하면 공의 구속이나 회전이 더 나올 수밖에 없고, 이렇게 되면 너클볼에 회전이 걸리므로 다이내믹한 투구를 할 수 없게 된다.

그래서 너클볼러는 일반 투수들보다 더 오래 공을 던질 수 있다. 38세인 R 디메인도 최소한 40대 중반까지는 선수 생활을 할 수 있을 것이다.

비는 세차게 쏟아져 내려 시티 필드를 흠뻑 적셨다. 관중들도 대부분 비를 피해 이동했고 텅 빈 그라운드에는 조명만이 주인공이라도 된 듯 비치고 있었다.

"끝났군."

레리 핀처가 내리는 비를 보며 말했다.

이렇게 내리는 비에는 답이 없다. 지나가는 비가 절대 아니었다. 퀸즈 시티를 뒤덮고 있는 먹구름은 조금도 움직이지 않고 엄청난 비를 쏟아내고 있었다.

심판이 결국 우천 시의 규정을 적용하여 메츠의 승리를 선언했다. 메츠의 더그아웃에서는 기뻐 외치는 함성이 튀어나왔고 컵스의 분위기는 순식간에 얼어붙었다.

삼열은 허탈하게 내리는 비를 노려보았다. 더 던질 수 있는데 경기가 끝나 버렸다. 항상 승리할 수는 없다고 하지만 억울했다. 더 던질 수 있었다.

연장 11회를 각오하고 투구수 조절까지 했지만 이미 심판에 의해 패배는 선언되었고 경기는 끝이 났다. 5회가 끝나면 심판의 결정으로 경기를 끝낼 수 있다.

"괜찮아?"

레리 핀처가 걱정스러운 눈으로 삼열을 바라보며 물었다.

"괜찮을 리가 없죠. 하지만 항상 승리만 할 수는 없잖아요? 다음 경기가 또 있으니까 대범한 척해야지요."

"다행이군. 이런 경기가 가장 억울하지. 타자보다 투수가 더 그렇고. 타자들은 패배를 여덟 명과 공유하지만 투수는 그렇지 못하잖아."

"그러네요."

투수가 시합에서 공을 잘 던지지 못하면 오로지 투수의 책임이지만 타자들은 어느 정도 자기 역할만 해주면 책임을 다른 사람과 나눠서 질 수 있다.

"가방을 싸야죠."

"난 이미 다 챙겼어."

"빠르시네요."

"야구밥을 먹은 지가 얼마나 되는데 미적거리고 있겠어?"

"하긴요."

컵스에게 다행인 것은 레리 핀처가 살아나고 있는 점이었다.

오늘은 그가 비록 타점을 올리지 못했지만 확실히 작년과는 다른 모습을 보여주고 있었다.

그는 마음을 다르게 먹었는지 다른 선수와도 이야기를 잘하며 지내고 있어 컵스의 분위기가 좋아진 데 한몫을 하고 있었다.

＊　　　＊　　　＊

삼열은 호텔에 돌아와서도 한동안 멍하게 있었다.

억울했다.

너무나 억울했다. 하지만 이것이 경기고 규칙이었다. 삼열은 처음으로 냉장고를 열어 맥주를 마셨다. 그런데 맛이 너무 써서 반쯤 먹다가 버렸다.

'아, 마리아라도 있으면 좋을 텐데.'

그때 핸드폰이 지잉 하고 울렸다.

'누구지?'

삼열은 핸드폰의 액정 화면에 뜬 마리아의 이름을 보고 미소를 지었다. 통화를 연결하자 화상 통화인지 마리아가 걱정스러운 얼굴로 삼열의 눈치를 살피며 인사를 해왔다.

─달링, 괜찮아요?

"네."

마리아도 삼열이 패배한 것을 아는지 마음을 풀어주려고 노력했다.

"그러지 않아도 돼요. 패배는 자연스러운 것이니까."

─그래도 메이저리그 데뷔 후 첫 패배잖아요.

"그래도 메이저리그 최고의 투수와 맞붙어서 졌으니 덜 쪽 팔려요."

─그럼 다행이고요. 자기, 정말 괜찮은 거죠?

"그럼요. 하지만 오늘 자기랑 하고 싶어 미칠 것 같아요."

─와우, 정말요?

삼열의 야한 농담에 마리아가 너무나 좋아했다. 그녀의 얼굴이 활짝 핀 백합처럼 환해졌다. 삼열은 마음이 진정되는 것을 느꼈다.

이래서 남자들이 미인의 미소에 유독 약한지도 모른다. 그의 마음에는 이미 마리아가 가족처럼 정겹게 들어와 있었다.

마리아와 통화를 끝내고 TV를 켜자 마침 뉴스를 하고 있었다.

뉴욕의 번화한 모습이 뉴스 도중에 빈번하게 나왔다. 그리고 스포츠 시간이 되어 메츠와 컵스의 결과가 방송되었다. 지역 방송인지라 일방적으로 메츠를 응원하는 내용이었지만 삼열의 투구 내용에는 놀라는 눈치였다.

노련한 R 디메인이 90개의 공을 던지는 동안 삼열은 비록 1실점을 했지만 52개의 공밖에 안 던졌으니 비가 아니었다면 경기의 결과가 바뀌었을 것이라는 전망도 나왔다. 덕분에 삼열의 방어율은 0.66으로 치솟았다. 여전히 메이저리그 1위이긴 하였지만 삼열은 입이 썼다.

삼열은 실패를 덤덤히 받아들이려고 노력해도 그러기가 쉽지는 않았다.

아직은 경험이 부족해 마음을 잘 추스르지 못한다. 이런 것은 시간이 가야 자연스럽게 받아들여진다. 이제 막 메이저리그에 발을 디딘 신인에게는 쉬운 일이 아니다.

통산 373승을 거두고 내셔널 리그 투수 부문 트리플 크라운을 두 번이나 한 크리스티 매튜슨이 한 말이 정답이었다.

"승리를 통해서는 적은 것을 배우고 패배를 통해서는 모든 것을 배울 수 있다."

삼열은 오늘 패배를 통해 배웠다. 실패를 초연하게 받아들이는 법을. 언제나 마음속으로 생각했던 것이긴 하였지만 패배는 너무 아팠다.

누구나 성공을 꿈꾸지만, 성공만 하는 사람은 없다.

실패를 원하지 않으면 그만큼 더 노력해야 한다. 오늘 패한 것은 실력이 떨어져서가 아니다.

아니, 오히려 신인임에도 불구하고 4경기 만에 첫 패배를 했다는 것은 그가 그동안 누구보다 열심히 노력해 왔다는 반증이었다.

삼열은 내리는 비를 보면서 침대로 기어들어갔다. 비는 밤새 내렸고 아침이 되어서야 그쳤다.


다음 날 삼열은 일찍 일어났지만 늦은 시간까지 호텔에 있었다. 그리고 이날 경기에서 랜디 팍스가 처음으로 승리하는 것을 지켜보았다.

하루를 쉬고 나면 애틀랜타 브레이브스와의 2차전이 있다. 컵스는 내셔널 리그 중부 지구에 속해 있기에 162경기 중에서 73경기는 중부 지구에 속한 팀과, 나머지 약 70경기는 서부, 동부 지구와 치르고, 약 18~20경기 정도는 아메리칸리그와 인터리그로 치러진다.

메이저리그의 대진표는 공평함이 기준이 아니라 흥행이 기준이 된다. 그래서 어떤 팀과는 조금 더 많이 경기하고 다른 팀과는 경기를 적게 하게 된다.

즉, 양키스와 레드삭스같이 흥행이 되고 라이벌 의식이 있는 팀 간의 경기가 약간 더 많다. 이런 노력의 결과로 메이저리그의 관람객 수가 연간 7천만 명이나 되는 것이다.

시카고 컵스는 애틀랜타 브레이브스와의 경기에서 1승 1패를 거둬 이번 원정에서 3승 2패라는 괜찮은 결과를 낸 선수들은 모두 기분 좋게 집으로 돌아갔다.

2. 사랑을 하다

집에 도착한 삼열은 마리아가 기다리고 있는 것을 알고 깜짝 놀랐다. 원래 그녀는 이 시간에는 구단에서 일하고 있어야 정상이었다.

"어떻게 된 거예요?"

"자기가 나 보고 싶다고 전화로 이야기했잖아요."

"아, 그랬죠."

수줍은 표정으로 바라보는 마리아의 눈에는 삼열에 대한 뜨거운 사랑과 열정이 담겨 있다. 삼열이 가까이 다가가자 마리아가 두 손으로 목을 휘감으며 키스를 해왔다. 한동안 정열적인 키스를 나눈 후 마리아가 물었다.

"괜찮죠?"

"아, 시합에서 진 거요?"

"네."

"사실 기분이 썩 좋지는 않아요. 하지만 항상 승리할 수는 없죠. 패배를 담담하게 받아들여야 메이저리그에서 버틸 수 있으니 노력해야죠."

"맞아요. 달링, 역시 당신은 멋져요."

삼열은 마리아를 껴안고 그 상태로 침대로 이동했다. 한동안 격정적인 시간을 보낸 후에 샤워하고 저녁은 외식을 하기로 했다.

마리아가 운전하면서 이야기를 꺼냈다.

"아참, 에이전트에서 전화가 왔었어요. 내일 방문하겠다고. 디자인이 완성되었다면서 계약서에 최종 사인만 하면 된다는데……. 자기, 그게 무슨 소리예요?"

원정경기 중이라 전화를 제대로 받지 못하자 샘슨 사에서 집으로 전화를 했던 모양이다.

구단의 일정을 알고 있는 샘슨 사가 집으로 연락을 한 것이 이상했는데, 의미심장하게 묻는 마리아의 표정을 보니 이미 그녀와 샘슨 사 사이에 무슨 말이 있었던 것 같았다.

그제야 삼열은 왜 샘슨 사가 시카고에서 이전보다 훨씬 큰 집을 구했는지 알 수 있게 되었다.

"자기, 알아차렸어요?"

"대충은……."

"미안해요. 그때는 너무 자기가 좋았는데 어떻게 할 방도가 없었어요. 나만 좋아하고 있었으니 내가 먼저 노력해야 했죠. 그래서 샘슨 사에 은근히 압력을 넣었어요. 내가 말했을 당시에 그들 눈에는 우리가 동거하는 것으로 보였을 거예요. 그래서 그냥 이 집이 좁다고, 집값의 반은 내가 부담하겠다고 하니 그렇게 하라고 하던데……. 히히."

마리아가 무안한지 개구쟁이 같은 미소를 지었다. 그냥 가만히 길거리에 서 있어도 데이트 신청을 수도 없이 받을 것 같은 미인이 이렇게까지 열심히 자신을 좋아해 주니 순간 삼열은 마음이 따뜻해졌다.

누구에게 사랑을 받는다는 것은 매우 즐거운 일이다. 특히나 어린 시절을 혼자 지내야 했던 삼열에게 가족 같은 이런 분위기는 그의 마음을 사정없이 허물어뜨리는 것이었다.

마리아는 삼열과 같이 외출하는 것에 신이 났는지 들뜬 어조로 종알거렸다.

삼열은 그런 그녀가 좋았다. 엘리트이지만 겸손하고 부자인 것 같은데 검소했다. 그녀가 입고 있는 옷과 차는 꽤 좋은 것이긴 하지만 그 외의 과소비는 일절 하지 않는다.

"오늘 정말 자기가 사는 거죠?"

"물론이죠. 먹고 싶은 거 다 먹어요."

"에이, 내가 먹으면 얼마나 먹는다고. 난 아무거나 다 괜찮아요. 달링이랑 같이 있는 것이 중요하지."

"난 먹고 싶은 게 많아요."

"뭐죠, 뭐죠?"

"그냥 맛있는 거 다요."

"피, 그런 게 어디 있어요."

그러나 유명해진다는 것이 꼭 좋은 일은 아니었다. 오붓하게 식사를 하려면 사람들이 잘 가지 않는 곳으로 가거나 비싼 레스토랑을 가야 했다. 결국 두 사람은 외식을 포기할 수밖에 없었다.

"그런데 오늘 회사는 쉬는 건가요?"

"아뇨. 원래 일주일에 두 번은 쉬는 날이잖아요. 그날 중 하루죠."

"아."

메이저리그 구단 직원들은 시즌이 시작되면 주말에 쉬기가 어렵다. 언제 무슨 일이 벌어질지 모르니 말이다. 물론 마리아에게는 해당 사항이 없지만 같이 일하는 동료들이 주말에 쉬지 못하니 그녀도 따라갈 수밖에 없었다.

그래서 그녀는 삼열과 시간을 같이 보내려고 쉬는 날을 바꾸었다.

사실 오프 데이를 조정하는 문제로 오늘은 조금 무리하긴 했지만 마리아의 입장에서는 사랑이 더 중요했다. 그리고 그녀가 하는 일도 내년에나 구단에 적용할 수 있는 프로그램을 짜는 것이라 시간적 여유가 있었다.

잠시 같이 길을 걷는데 비가 후드득 떨어져 내리기 시작했다.

"어머, 비가 오네."

"이제 어떻게 하죠?"

"다시 차로 돌아가요. 거리 구경은 다음에 해야겠어요."

"그래요, 그럼."

둘을 서둘러 뛰어 차로 돌아갔다. 하지만 차에 도착했을 때는 이미 옷이 많이 젖은 상태였다.

"아, 이러다가 감기 걸리겠어요."

"괜찮아요, 나는 감기 잘 안 걸려요."

그런데 삼열은 마리아에게서 눈을 뗄 수가 없었다. 비에 젖어 몸에 달라붙은 옷이 그녀의 멋진 몸매를 고스란히 드러내고 있었기 때문이다. 원래 남녀 관계란 것이 한 번 하기 시작하면 중간에 멈추기가 힘든 것 아닌가.

마리아는 삼열의 눈빛이 변한 것을 보고 고개를 숙이며 말했다.

"아까 하고 나왔잖아요."

"그, 그랬죠. 하지만 참기가 힘드네요."

"내가 그만큼 매력적이라는 말인가요?"

"물론이죠."

창문을 통해 비가 쏟아지는 모습이 목가적이었다.

"아, 너무 좋아."

마리아가 소녀처럼 창밖을 보며 말했다. 하지만 삼열은 마리아의 은은한 체향과 향수 냄새, 그리고 청초하고 도발적인 모습에 참을 수가 없었다. 그는 마리아에게 키스하였다.

밖에는 비가 내리는데 차 안은 뜨거운 열기로 가득했다.


"그런데 어떻게 하죠? 참지 못하고 안에다 했는데."

"그걸 왜 걱정해요. 남녀가 같이 잔다고 다 아기가 생기는 것은 아니잖아요. 그리고 사랑하는 사람의 아기인데 어때요?"

"임신이 싫지 않아요?"

"그런 바보 같은 말이 어디 있어요? 사랑하는 남자의 아기를 임신하는 것은 큰 축복이에요. 엄마가 되는 것은, 그리고 아빠가 되는 것은 매우 행복한 일이에요. 당신에게는 가족이 필요한 것 아닌가요?"

"……?"

"아기가 태어나도 당신이 원하지 않으면 책임을 지라고 하지 않을 거예요. 난 어릴 적부터 엄마가 되는 게 꿈이었어요. 내가 누렸던 아름다운 축복을 내 자식에게 줄 수 있다는 것은 행운이에요. 그러니 자기, 걱정하지 마요. 당신의 앞길을 막을 생각은 없어요. 난 단지 당신이 외로워하기에 가족을 만들어주고 싶었을 뿐이에요. 그게 내 마음대로 되는 것은 아니지만요."

삼열은 마리아의 말에 큰 충격을 받았다. 그는 늘 마음속으로 가족이 있었으면 했다. 하지만 나이가 어리다는 핑계로 소극적이었다.

"어떻게 책임을 지지 않을 수가 있겠어요. 나의 아기인데."

"당신은 슈퍼스타가 될 거예요. 그러니 혹시라도 여자와 자식이 귀찮게 여겨질 수도 있을 거예요. 난 당신을 사랑하는 것이지, 당신의 앞길을 막으려는 것은 아니에요."

"나를 믿는다고 하지 않았어요?"

"응, 항상 믿어요. 처음 만난 날부터, 내가 당신을 사랑한 날부터 믿어왔어요."

삼열은 마리아의 헌신적인 태도에 깊은 감명을 받았다. 이런 여자가 자기를 사랑하다니, 그리고 이런 사랑을 받고 있다고 생각하니 울컥 하고 뭔가가 가슴에서 올라오는 것 같았다.

그녀는 하버드의 박사 학위를 가진 엘리트다. 능력도 뛰어나고 연봉도 매우 많다. 그런데 그런 그녀가 왜 야구를 그렇게 좋아하는 걸까. 삼열은 그것이 알고 싶어졌다.

"저기, 마리아. 그런데 왜 야구가 좋은 거예요?"

"아, 내가 아주 어릴 때 주말이 되면 아빠와 오빠들과 함께 야구를 했어요. 엄마는 우리를 위해 음식을 장만했고요. 아마 그때부터인 것 같아요. 그냥 야구가 좋아져 버렸어요."

삼열은 마리아를 껴안고 CD플레이어를 틀었다. 스피커에서 Westlife의 「My Love」가 잔잔하게 흘러나왔다.

노래가 나오자 마리아가 얼굴을 붉혔다. 왜지, 하는 생각을 하는데 가사를 들어보니 그녀가 자신의 마음을 들켰다고 생각하는 모양이었다.

*And oh my love(오, 내 사랑).*

*I'm holding on forever reaching for a love that seems so far(그렇게 멀게만 보이던 사랑에 다가가기 위해 언제나 나는 흔들리지 않을 거예요).*

"나도 물러서지 않을 거예요, 마리아."

"아, 당신은 너무나 멋져서 몇 번이고 다시 반할 수밖에 없어요. 자기는 최고!"

마리아는 삼열에게 키스를 퍼부었다. 삼열이 손으로 가슴을 붙잡자 마리아가 고개를 흔들었다.

"안 돼요. 비가 그치고 있어요."

큐피드의 화살은 너무나 짧아 가까이 다가서지 않으면 도달할 수 없다. 그리고 사랑의 화살이 가슴에 박히면 다른 것은 전혀 눈에 보이지 않는다. 온 세상과 사람들 중에서 오직 그와 그녀만이 보인다.

그러기에 사람들은 그 많은 사람 사이에서 자신만의 사랑을 찾게 되는 것이다. 사랑하고 싶다면 주위를 둘러보라. 그동안 놓치고 있던 사랑스러운 사람을 만나게 될 것이다.

삼열과 마리아는 쏟아지는 비로 인해 더 이상의 데이트가 불가능해져 차를 운전해서 집으로 돌아왔다.

마리아가 주방으로 달려가 요리를 하는 사이에 삼열은 집 안 이곳저곳을 돌아다녔다.

문이 살짝 열린 마리아의 방이 보였다. 여자의 방이라고는 믿어지지 않을 정도로 단출한 방이었다. 그리고 서재를 연상시킬 정도로 많은 책이 책장에 꽂혀 있었다.

플라톤, 아리스토텔레스, 루소, 셰익스피어, 괴테, 애덤 스미스의 책들이 원어로 적혀 있었다.

삼열은 언뜻 이해가 되지 않았다. 그녀에게 왜 이런 책들이 필요한 것일까?

"마리아!"

"네, 왜요?"

삼열은 자신의 뒤에 있는 마리아를 보고 놀랐다. 언제 뒤에 와 있었던가?

"아, 마리아. 미안해요. 열려 있기에 궁금하기도 하고, 할 것도 없고 해서……."

"뭘요. 우리는 부부나 마찬가지인데. 아내의 침실을 엿보는 것은 남편의 잘못이 아니잖아요, 호호호."

"아, 아니, 뭐… 꼭 엿본다기보다… 그런데 이 많은 책을 다 읽었어요?"

"물론이죠. 이것들은 어릴 때 읽은 책들이에요. 당신이 원정 경기에 나가면 무척이나 심심해져서… 그래서 예전에 읽던 책을 가져와 다시 읽고 있어요."

"이것을 어릴 때 읽었어요?"

"네. 나만 그런 것이 아니라 오빠들은 더 어렸을 때 읽었던 책들인데, 내가 칭찬받을 만한 일을 할 때마다 아빠가 상으로 한 권씩 사주신 거예요. 어릴 때는 뜻도 모르고 읽었는데 아빠가 읽으니 오빠들도 읽게 되고, 그리고 나도 따라 하게 되었고요. 왜요, 뭐가 잘못된 거예요?"

"그게 아니라 이 어려운 책을 어릴 때요?"

"아이, 요리를 올려놓고 와서 오래 이야기 못 해요. 달링, 궁금하면 자기가 와요."

"그래요."

삼열은 마리아를 따라가며 계속 이야기를 했다.

"마리아, 당신은 천재예요?"

"천만에요. 내 IQ는 평범해요."

"그런데 어떻게?"

"천재들과 이야기를 나누면 천재들만이 갖는 영감을 얻게 돼요. 왜 아빠가 나에게 인문 고전을 읽게 했는지 아세요?"

"그야 나는 모르죠."

삼열은 고개를 좌우로 흔들었다. 그는 이제까지 인문학에 관심이 아예 없었다.

"인문 고전을 읽으면 세상을 지배할 수 있어요. 지금의 학교는 산업 혁명의 발생으로 만들어졌어요. 공장에서 필요한 일꾼을 교육시키기 위한 최소한의 것만 가르치기 위해서. 지금의 공립학교도 마찬가지예요. 지식은 가르치지만 천재들의 영감은 가르쳐 주지 않아요. 그래서 부자들은 사립학교에 가서 인문 고전을 배워요. 원서로요. 그리고 위대한 그들의 사상과 만나는 거죠."

"흠, 그것은 믿을 수 없는 이야기인데요."

"호호, 내가 왜 자기에게 거짓말을 하겠어요. 스티브 잡스도 자신의 발명품에 인문학을 결합시켰다는 이야기를 했어요. 그게 무슨 말이겠어요? 단순히 인간을 위한, 인간이 쓰기 편리한, 또는 인간 위주의 기술을 개발했다는 의미로 받아들이면 그건 1%도 모르는 거예요. 스티브 잡스는 인문학에 조예가 깊은 사람이었어요."

"새로운 이론이군요."

"네, 그리고 오래전부터 내려온 숨겨진 이론이죠. 스티브 잡스가 말한 것은 우주와 인간에 대한 총체적인 철학이에요."

"애플의 제품에 철학이 담겨 있다는 말인가요?"

"물론이에요. 그는 하나의 프로그램을 만들 때도 깊은 생각을 했죠. 이것이 인간에게 필요한 것인가, 왜 필요한가, 하는 생각들을. 그리고 그것에 대한 답이 나오면 엄청난 열정으로 그것을 이루려고 노력을 하죠. 왜냐하면 그에게는 제품이 아니라 인생이고 철학이니까요. 삼열 씨."

"네, 왜요?"

"난 야구를 좋아하지만 야구는 잘 몰라요. 하지만 이렇게 말하고 싶어요. 공을 잘 던지려고만 하지 말고 야구를 이해하고 즐기세요. 야구는 싸우는 게 아니에요. 가족이 같이 즐기는 스포츠죠. 내가 어릴 때 아빠하고 놀던 것처럼. 그리고 실제로 야구를 보러 오는 사람들도 즐기기 위해 오는 거지, 싸우는 모습을 보려고 오는 것은 아니랍니다."

삼열은 마리아의 말에 커다란 망치로 머리를 한 대 맞은 듯한 충격을 받았다. 그것이 무엇이라고 하나의 단어나 문장으로는 표현할 수는 없지만 마리아가 무엇을 말하려고 했는지 그 의도는 알 수 있을 것 같았다.

야구가 좋아서, 야구를 하면 살아 있다는 것을 느낄 수 있어서 죽도록 공을 던졌다. 그런데 야구를 사랑하고 즐겨라?

'야구를 하는 것이 행복해야 한다는 것인가? 내가 행복하지 않으면 관중들도 행복하게 볼 수 없기 때문인가?'

이제까지는 얄팍한 꾀로 대중의 인기를 얻어왔다. 그러나 삼열은 이제 본질적인 어떤 것이 자신을 변화시키는 것을 느끼며 몸을 부르르 떨었다.

마리아는 삼열이 생각을 정리할 때까지 기다려 주었다. 음식이 식어가고 있었지만 그녀는 미소를 지으며 바라만 볼 뿐이었다.

삼열이 생각을 정리하고 눈을 뜨자 마리아가 음식을 다시 오븐에 넣어 데워왔다.

"마리아, 마리아!"

"응, 나 여기 있어요."

"고마워요."

삼열은 마리아를 껴안고 입을 맞추고 비비었다. 마리아는 삼열의 이런 적극적인 애정 표현이 싫지 않은 듯 미소를 지었다.

"마리아, 나 이제 행복하게 야구를 할 수 있을 것 같아요!"

"오, 달링. 당신은 이미 야구를 하는 것이 행복해 보였는걸요. 단지 당신이 알아차리지 못했을 뿐이에요. 그러니 당신은 이제 더 멋지게 변할 거예요."

삼열은 마리아와 이야기하면 할수록 힘이 나고 용기가 생겼다. 그녀는 항상 긍정적으로 사물을 볼 뿐만 아니라 사람들의 좋은 점을 보고 칭찬을 해준다.

"마리아, 우리 사랑해요."

"또요?"

"아, 저녁 먹고 할까요?"

"응, 내가 힘들게 만든 건데 또 데우면 정말 맛이 없어질지도 몰라요."

"그럼 우리 빨리 먹어요."

삼열은 저녁을 맛있게 먹었다. 행복하려면 굳이 뭐가 있어야 되는 것이 아니다. 사랑하는 사람과 믿음만 있으면 된다. 돈은 '행복의 조건'이 아니라 행복을 유지하기 위한 '인간들의 필요조건' 중의 하나일 뿐이다.

저녁을 먹고 삼열은 운동을 잠시 했다. 그리고 마리아와 깊은 사랑을 나눴다.

다음 날 아침, 잠에서 깬 삼열은 마음을 가득 채운 행복감에 의해 세상이 달라 보였다.

"아, 깼어요?"

"네. 그런데 샘슨 사에서 언제 온다고 했어요?"

"시간은 충분해요. 그런데 자기, 내가 계약서를 좀 봐도 돼요?"

"왜요?"

"음, 내가 법을 한 학기 동안 공부했으니 아주 조금은 도움이 될지도 몰라서 그래요."

"아참, 그렇지. 그래요, 그럼."

삼열은 일어난 마리아를 꼭 껴안았다. 마리아가 살포시 미소를 지었다.

마리아는 생각했다. 사랑은 그 사람의 일상의 세계 속으로 들어가는 것이라고. 그녀는 삼열이 일상에서 무엇을 하는가 보고 싶었다. 그래서 샘슨 사로부터 연락이 왔을 때 좋은 기회라고 생각했다.

로펌에 근무하는 하버드 법대 동기로부터 업계의 표준 계약서를 이메일로 받고 간단한 조언도 받았다. 그리고 삼열을 어떻게 도울 수 있을까를 내내 생각했다. 머리가 좋은 삼열이지만 미국 생활이 아직은 서툴고 계약 관계도 잘 모를 것이 분명했다.

삼열과 마리아는 점심을 먹고 나서 약속 장소로 갔다. 조용한 호텔의 작은 룸에서 샘슨 사의 조지 마이어와 대행사의 찰스 버콜리가 미리 나와 기다리고 있었다.

"만나서 반갑습니다. 삼열 강 선수를 이번에 처음 뵙는군요. 저는 샘슨 사의 법률 자문 위원으로 있는 조지 마이어입니다."

"이번에 삼열 강 선수의 티셔츠를 대행 판매하게 될 미뉴에트 사의 찰스 버콜리입니다."

"반갑습니다. 삼열 강입니다. 이쪽은 제 연인 마리아입니다."

"마리아 멜로라인이라고 해요."

마리아가 소개하자 조지 마이어가 고개를 갸우뚱하였다. 그 모습을 보고 마리아가 미소를 지었다. 가볍게 인사를 하고 차를 마시며 조지 마이어가 입을 열었다.

"자, 그럼 이야기를 해볼까요? 미뉴에트 사는 납품, 주문, 디자인 결정, 모두를 책임지게 됩니다."

찰스 버콜리가 미소를 지으며 삼열을 보았다.

"이미 티셔츠의 디자인이 모두 나와 있습니다. 삼열 강 선수만 오케이 하신다면 곧 생산에 들어가 조만간 판매할 수 있을 것입니다."

"그렇군요."

삼열은 고개를 끄덕였다. 그러자 찰스 버콜리가 서류 가방에서 디자인을 꺼내 보여주었다. 삼열은 그것을 보고 마리아에게 넘겨주었다. 천재인 그도 디자인 분야에는 약했다. 더구나 미국적 정서도 잘 알지 못했다.

마리아가 디자인들을 보더니 불만족스러운 표정을 지었다.

"너무 디자인이 세련되었고 깔끔해요. 파워 업은 아이들이 입을 옷이에요. 더 귀엽고 발랄하며 사랑스러운 디자인이 나와야 해요. 그리고 남자아이들의 옷도 더 강하고 귀여우면서도 독특해야 하고요."

마리아의 말에 찰스 버콜리가 삼열의 얼굴을 한번 쳐다보았다. 아마도 그의 의견으로 봐도 되느냐는 의도인 것 같았다.

"마리아가 제 일을 대신할 것입니다."

"아, 그렇군요."

찰스 버콜리가 약간 거북한 표정을 지었다. 그 모습을 보고 삼열은 피식 웃었다. 어리숙한 동양인 야구 선수가 추진하는 일이니 대충 하려다가 이건 아닌데, 하는 표정이었다.

계약서만 유리하게 작성한다면 단물만 쏙 빼먹고 버릴 수도 있는 일이었는데 이지적으로 보이는 미국인 여자가 나타났으니 곤란한 모양이었다.

"실망이군요. 미뉴에트 사라면 좀 더 멋지게 일을 처리할 줄 알았는데요."

"아, 죄송합니다."

찰스 버콜리는 차가운 마리아의 얼굴을 보고 식겁한 표정을 지었다. 그러자 조지 마이어가 이상한 눈길로 찰스 버콜리를 바라보았다. 그러고는 헛기침을 했다.

"커험. 이거, 미뉴에트 사가 이렇게 성의 없을 줄은 몰랐습니다. 계약을 다시 고려해 봐야겠군요."

조지 마이어도 디자인은 처음 보았는지 불편한 표정을 지었다.

그도 주요 판매 대상이 어린이라고 충분히 설명을 했었다. 그런데 마리아가 디자인을 보자마자 날카롭게 그에 대해 지적을 하니 그도 찰스 버콜리를 좋지 않게 생각하게 되었다.

찰스 버콜리는 난처한 표정으로 변명하기 시작했다. 그런 변명이야 장님이 코끼리 다리를 만지는 식이어서 정확하지도, 그 내용을 확인할 수도 없는 일이다.

"그럼 계약서를 볼 수 있을까요?"

"아, 여기 있습니다."

그동안 샘슨 사는 미뉴에트 사와는 약식 계약서, 즉 한시적 계약만 한 상태에서 일을 진행했었다. 왜냐하면 에이전트인 샘슨 사가 일을 주도하거나 책임질 수는 없었기 때문이었다. 최종적인 사인은 삼열이 해야 했다.

마리아는 찰스 버콜리가 준 계약서를 보면서 펜으로 옆에다가 적기 시작했다. 그 모습을 본 찰스 버콜리의 얼굴이 점점 굳어갔다. 정말 이렇게 일이 돌아갈 줄은 예상하지 못한 모습이었다.

"마리아는 하버드대 박사입니다. 법학도 전공했고요."

삼열의 설명에 찰스 버콜리는 망했다는 표정을 숨기지 못했다. 그런 그를 보고 삼열은 마리아와 같이 오기를 잘했다는 생각이 들었다. 미국이라는 사회가 정직한 사회이기는 하지만 모두가 그런 것은 아니었다. 계약서 한 장 잘못 쓰면 망하는 것은 미국이나 한국이나 다를 바가 없다.

꼼꼼히 계약서를 다 읽은 마리아가 방긋 웃으며 말했다.

"계약서를 좀 고쳐야겠네요."

"물론입니다. 어떤 것이 마음에 들지 않으십니까?"

찰스 버콜리는 마리아가 계약 자체를 파기하려고 하지 않고 수정을 원하자 환영하는 목소리로 대답했다. 원래 장사꾼들이 한번 찔러보기 위해 첫 계약서에는 과도한 조항을 종종 넣는 경우가 있다. 이런 것도 상대를 봐가면서 하지만, 삼열이 외국인이라는 이야기를 듣고 조금 과하게 찔러보았던 것이다.

"계약서에 독소 조항이 몇 개 들어 있어요. 물론 그것이 회사의 이익을 대변하기 위한 것이라 하더라도 미뉴에트 사는 전혀 손해를 보지 않겠다는 의도가 강하게 담겨 있더군요. 위험을 감수하지 않으려면 이익도 작아져야겠지요."

"하하, 그렇지만 그 계약서는 업계 표준에 준하는 계약서입니다."

"물론 그렇겠지요. 샘슨 사가 중간에 끼었는데 일방적인 계약서는 작성할 수 없었겠죠."

마리아가 잠시 말을 끊고 삼열을 바라보며 작은 소리로 말했다.

"자기, 내가 좀 더 이야기해도 돼요?"

"물론이죠."

삼열의 말을 들은 마리아는 계약서를 자신이 원하는 대로 작성하기 시작했다.

잠시 후 양측은 계약서에 사인하고, 디자인은 좀 더 보강하기로 하고 헤어졌다. 이런 일이 발생한 것은 샘슨 사의 부주의도 한몫했다.

샘슨 사는 삼열이 티셔츠 사업을 하겠다고 했을 때 뜨악했었다. 고객의 요구라면 어지간한 것은 모두 들어줘야 하는 에이전트의 특성상 삼열의 요구를 시행하기는 했지만 미뉴에트 사와 마찬가지로 삼열이 진행하는 티셔츠가 많이 팔릴 것이라고는 생각하지 않았다.

"마리아, 뭐가 달라진 거죠?"

"언뜻 보면 달라진 것이 없는 것 같지만 아주 크게 달라졌어요. 아마 나중에 미뉴에트 사가 땅을 치고 후회할 거예요."

"뭘요?"

"미뉴에트 사는 파워 업 티셔츠의 판매량을 대단히 적게 보고 있어요. 하지만 나는 컵스의 구단 직원이라 티셔츠가 하루에 얼마나 팔리는지 구체적인 수치를 알고 있어요. 그래서 달링이 티셔츠를 판매한다고 했을 때 매우 좋아했어요."

"도대체 내 티셔츠가 얼마나 팔리는데요?"

"요즘은 조금 주춤해졌지만 하루에 1만 장이 나간 적도 있어요."

"와우, 그렇게나 많이 팔려요?"

"메이저리그예요. 그리고 메이저리그에서도 100마일을 던지는 투수가 몇 명이나 있을 것 같아요? 그런 당신이 아이들을 좋아하고 아이들도 마찬가지예요. 그런 선수의 티셔츠가 안 팔린다면 그게 이상한 거죠."

삼열은 티셔츠가 하루에 1만 장이 나갔다는 말을 듣고 굉장히 놀랐다. 티셔츠 한 장에 1달러만 남아도 무려 하루에 1만 달러의 수익이 생기는, 한마디로 엄청난 것이다. 마리아의 이야기를 듣자마자 삼열의 머리가 비상하게 돌아가기 시작했다.

"아참, 마리아. 그런데 왜 미뉴에트 사와 계약을 하라고 했어요? 그들이 속였다면 다른 회사와 계약을 하는 게 낫지 않아요?"

"그렇지 않아요. 이미 이렇게나 일이 많이 진행되었으니 만약 그 회사와 계약을 파기하면 지금까지 들어간 돈이 모두 공중으로 날아가게 돼요. 적지 않은 금액의 손해를 입게 될 것이고, 또 다른 회사와 계약을 한다고 하더라도 그들이 정직하게 나올 것이라는 보장도 없어요. 차라리 약점 잡힌 상대를 대상으로 우리에게 유리한 계약서를 작성하는 것이 나아요. 그리고 이 계통이 생각보다 벽이 높아요."

"무슨 벽요?"

"대행사는 물건이 만들어지면 메이저리그의 각 구단과 스포츠용품 회사와 협상을 해야 해요. 그런데 그 분야에서 미뉴에트 사는 그리 나쁜 회사가 아니에요. 샘슨 사가 그나마 괜찮은 회사를 고른 거죠."

마리아의 말에 삼열이 고개를 끄덕였다. 그러자 마리아가 빙그레 웃으며 다시 말을 이어나갔다.

"미뉴에트 사가 실수한 것은 달링이 동양인이라 인기가 없을 것이라고 지레짐작한 것이에요. 구단의 공식 티셔츠가 아니면 아시아 시장에서 팔리는 수량도 별로 없을 것으로 생각한 거죠. 그래서 자기들 마음대로 일을 꾸민 거고요. 삼열 씨가 필요한 경비를 모두 댄다고 하니 자기들로서는 딱히 손해볼 것이 없으니까 샘슨 사의 요청에 응한 거예요."

"그럼 마리아, 새로 고친 계약서는 뭐가 달라진 거죠?"

"뭐, 별것은 없어요. 단지 옵션을 건 것뿐이죠."

"옵션?"

"네. 티셔츠가 10만 장 이상 팔리면 그때부터 미뉴에트 사의 지분율이 내려가기 시작해요."

"아, 마리아는 나의 파워 업이 많이 팔릴 거라고 생각하는군요."

"당연하죠. 달링은 슈퍼스타가 될 게 분명해요. 난 확실히 믿어요."

삼열은 마리아의 말을 듣고는 감격하여 사람들이 많은데도 불구하고 그녀를 꼭 안았다. 마리아가 삼열의 품에 안겨서 미소를 지었다. 그때였다.

"앗, 파워 업맨이다."

"어디? 와우! 정말이네."

세상 어디에나 아이들이 없는 곳은 없다. 아이들이 삼열을 알아보고 놀란 표정을 지었다.

"파워 업맨, 저 예쁜 누나가 애인이에요?"

"그래. 그리고 이런 사생활에 아이들은 관여하는 게 아니란다. 알지? 그건 그렇고, 이름과 주소를 불러주면 사인을 한 공을 보내주도록 하지. 대신 오늘 일은 당연히……."

"에헤헤헤, 당연히 비밀이죠. 그렇지, 토미?"

"응, 난 아무것도 못 봤어."

영악한 아이들이 이름과 주소를 불러주자 삼열은 그것을 암기하고는 아이들을 보내줬다.

"아이들은 어디에나 있어요."

삼열의 말에 마리아가 미소를 지으며 대답했다.

"그만큼 자기의 인기는 날로 높아만 가겠죠."

아이들은 순진하면서도 영악하다. 아이들은 자신의 이익에 굉장히 민감하고 선하면서도 동시에 악하다.

아이들은 아무런 죄책감 없이 마음에 안 드는 친구를 왕따시키거나 괴롭힌다. 반면 다루기도 쉽다. 아이들의 욕구는 크지 않기에 적당한 대가를 지불하면 쉽게 통제된다.

아이들은 삼열과의 약속을 지켰고 삼열은 아이들에게 자신의 사인이 담긴 야구공을 소포로 보냈다.

아이들에게 투자하는 것은 몇 배로 되돌아온다. 부모는 자식을 위해 돈을 쓰는 것을 아까워하지 않기 때문이다.

삼열이 구단에 도착하니 사무실 직원이 그에게 편지를 전해주었다. 휴스턴에서 만난 마리아나 맥클레인의 편지였다.

짧은 내용이었는데, 삼열은 그것을 읽고 흐뭇해졌다. 마리아나가 삼열의 사인을 받은 후에 건강해져서 밥도 잘 먹고 병원도 잘 다닌다는 내용이었다.

삼열은 귀엽고 예뻤지만 창백했던 백인 소녀를 생각했다. 아버지가 따뜻한 눈으로 딸을 바라보던 그 모습을 떠올리자 삼열의 마음은 금방 행복해졌다.

세상의 모든 아버지 어머니가 그런 따뜻한 눈길로 자녀들

을 바라볼 것이라고 생각하자 어린 시절에 돌아가셨던 부모님
이 생각났다. 유독 성격이 까칠했던 자신의 투정을 온화한 미
소로 받아주시던 어머니의 생각에 자신도 모르게 눈가에 이
슬이 맺혔다.

아이들은 부모의 사랑을 먹고 자란다. 그 연약한 육체가 사
랑을 먹을수록 건강해진다. 그리고 한 사람으로서 제 역할을
할 때까지 부모의 희생은 눈물 속에서 꽃처럼 피어난다.

병에 걸린 딸을 바라보는 아빠의 눈에는 세상 그 어떤 것보
다 더 큰 사랑이 담겨 있었다. 자신의 파워 업을 따라 하면 힘
이 난다는 그 소녀에게 삼열은 야구공과 티셔츠를 보내주었
다.

그리고 얼마 후 삼열은 자신이 보내준 티셔츠를 입고 환하
게 웃고 있는 마리아나의 사진을 이메일로 받았다. 삼열은 그
사진을 보고는 행복감을 느꼈다. 야구 선수가 된 것이 정말
좋았고 행복했다.

＊　　　＊　　　＊

삼열은 시합이 시작되기 두 시간 전에 구단에 도착하여 가
볍게 몸을 풀었다. 오늘은 매튜 뉴먼이 선발로 등판하는 날이
었다. 상대 팀은 필라델피아 필리스다. 다행스러운 일은 로이

빌리진이나 클리프 리는 피했다는 것이다.

그 소식에 매튜 뉴먼은 기분 좋게 경기에 나섰지만 존 해덕스가 완투를 하는 바람에 2실점의 자책점으로 패전 투수가 되었다.

존 해덕스는 지난 4년간 평균 210이닝을, 작년에도 216이닝을 던졌지만 사사구는 고작 44개밖에 허용하지 않았을 정도로 제구가 뛰어난 투수라 무게감에서는 매튜 뉴먼이 한참 밀렸다.

다만 요즘 상승세를 타고 있는 그였기에 기대했지만 역시나 존 해덕스를 상대하기에는 무리가 있었다.

경기가 끝나고 나름 선전했던 매튜 뉴먼은 낙담하며 더그아웃에서 한동안 움직이지 않고 가만히 있었다. 삼열은 그런 그에게 다가가 위로를 했다.

"매튜, 수고했어. 너의 오늘 투구는 정말 멋졌어. 상대가 나빴을 뿐이야."

삼열의 말에 매튜 뉴먼이 고개를 끄덕였다.

7이닝을 2실점으로 막았다면 선발로서 아주 잘한 것이다. 매튜 뉴먼은 무엇인가 결심한 듯 삼열에게 다가왔다.

"나 이제 너와 같이 연습을 하겠어."

"그래? 그거 환영이다. 나랑 같이 연습하면 천하무적의 선수가 될 거야."

"말만이라도 뿌듯하군."

삼열이 웃었다. 시즌 중이라 훈련을 심하게 할 수도 없고 그 효과도 크지 않겠지만, 하지 않는 것보다는 확실히 나을 것이다.

경기를 마치고 삼열은 집으로 돌아갔다. 그런데 웬일인지 마리아가 자신의 방에서 나오지 않았다. 삼열은 이상하게 생각하여 마리아의 방문을 열었다. 그러자 확 하고 뜨거운 열기가 삼열을 덮쳤고 그는 순간적으로 마리아가 아픈 것을 깨달았다.

"마리아! 마리아!"

삼열은 급하게 마리아를 불렀지만 의식을 잃고 쓰러진 마리아는 깨어나지 못했다. 가슴이 덜커덕 내려앉은 삼열은 급히 구급차를 불렀다. 병원을 가는 내내 그는 마리아의 손을 잡고 무사하기를 빌었다.

건강하던 마리아가 왜 갑자기 의식을 잃었는지 이해가 되지 않지만 그녀를 사랑하는 만큼 가슴이 덜덜 떨려왔다. 병원에 도착하여 진료를 받은 뒤 마리아는 링거를 맞았다. 한참이 지난 후 다행히 그녀의 얼굴에 혈색이 돌아오기 시작했다.

삼열은 마리아가 안정을 찾자 의사와 면담을 했다.

"무슨 병인가요?"

"별일 아닙니다. 영양실조와 과로입니다."

"네에?"

"무슨 일인지 몰라도 환자는 과로에 영양 섭취가 제대로 안되었습니다. 게다가 최근에 잠을 통 못 잔 것 같습니다."

"아……."

"그래서 수면주사를 놔 드렸습니다. 깨어나면 집에 데리고 가십시오."

"아, 네."

삼열은 의사의 말에 뜨끔해졌다. 요즘 서로의 마음을 확인하고 너무 진하게 밤을 보냈기에 마리아가 잠을 제대로 자지 못한 것 같았다. 그런데 스트레스라니? 그 부분에서는 이해가 가지 않았다. 자신이 아는 마리아는 항상 명랑하고 행복해 보였는데 말이다.

삼열은 마리아의 뺨을 어루만졌다. 그녀는 귀엽고 사랑스러웠다. 문득 얼마 전의 일이 생각났다. 원정경기를 마치고 집에 돌아와 보니 마리아가 화단에 방울토마토를 심고 있었다.

"마리아, 토마토 먹고 싶어요?"

"아니에요. 나는 항상 식물을 심으며 깨달음을 얻어요. 이렇게 가꾸다 보면 하나의 씨앗에서 많은 열매가 열려요. 내 마음에 있는 사랑을 심고 그 사랑이 자라기를 기다리는 거죠. 열매가 열릴 때까지 많은 시간이 걸리고 보살핌이 필요하기는 하지만 항상 좋은 열매를 맺곤 했죠. 난 당신을 사랑해요. 당신과 나 사이에도 이렇게 많은 열매가 열릴 때까지 시간도 필요하고 정성과 보살핌도 필요하겠죠. 하지만 참으면 행복한 열매를 볼 수 있을 거예요."

"마리아, 고마워요. 당신을 알게 해준 신에게 감사드려요."

"교회도 안 나가면서, 호호호."

"대신에 난 세상의 모든 신들을 믿잖아요."

"엉터리!"


삼열은 마리아의 손을 꼭 잡았다. 소중한 사랑을 이제는 놓치고 싶지 않았다. 시간이 흘러 새벽이 되었다.

삼열은 중얼거렸다.

"마리아, 이제부터는 내가 더 사랑할게요."

그때 마리아의 손이 자신의 손을 꽉 잡자 삼열은 놀라 소리쳤다.

"젠장, 듣고 말았군요."

"거기서 왜 젠장이 나와요?"

"그건 내 속마음이니까요. 내 마음을 들킨 거잖아요."

"귀염둥이, 내 사랑."

마리아는 삼열의 손을 잡아끌어 자신의 입술에 가져다대

었다.

"……?"

"이제 사인했어요. 그러니까 무르기 없기. 약속 꼭 지켜야 해요. 나를 더 사랑하겠다는 그 말."

"알았어요. 내가 나에게 한 말이니 물론 지킬게요. 그런데 이제 괜찮아요?"

"네, 미안해요. 걱정 많이 했죠?"

"네, 온 세상보다 더 많이 걱정했어요."

"어머, 정말요?"

마리아가 환하게 웃었다.

여자는 사랑으로 피어나는 꽃이다. 아름다운 꽃을 보고 싶으면 사랑을 주면 된다. 하지만 일상 속에서 사랑하기란 여간 힘든 일이 아니다. 인내와 존경심, 신뢰가 없으면 유지하기도 어렵다. 하지만 그것이 있다면 행복이 무엇인지 알게 될 것이다.

삼열은 마리아를 퇴원시켜 집으로 데리고 돌아왔다. 삼열은 밤을 꼬박 지새웠지만 마리아가 무사해서 금방 마음의 안정을 찾았다.

사실 오늘은 삼열이 선발로 등판하는 날이라 쉬어야 했지만 쉬지를 못했다. 삼열은 집에서 겨우 두 시간 정도 잠을 자고 나서 구단의 연습장으로 달려갔다. 주말이라 낮 경기였다.

몸이 조금 무거웠지만 삼열은 마리아에게 조금도 내색하지 않았다. 자신 때문에 혹시라도 시합을 망칠까 걱정하는 마리아를 안심시키기 위해서라도 오늘 시합에서 꼭 이겨야 했다. 그런데 상대가 하필이면 메이저리그 최고의 투수 중 하나인 로이 빌리진이었다.

필리스의 에이스와 4선발인 삼열이 맞붙게 된 이유는 로이 빌리진이 부상으로 15일 DL에 내려갔다 복귀하면서 투수 로테이션이 바뀌었기 때문이다.

삼열은 메이저리그 최고의 투수와 맞붙게 된다는 것에 부담감을 느끼는 한편 무척 흥분되었다.

삼열은 최고의 너클볼 투수인 R 디메인과 붙었을 때 그가 노련하게 마운드를 운영하는 것을 보고 많은 것을 느꼈다. 리그 최고의 투수들과 붙으면 승리투수가 되기는 힘들지만 확실히 배우는 것은 많았다.

'뭐, 로이 빌리진이라고 용가리 통뼈는 아니겠지.'

삼열은 긍정적으로 생각했다. 신인 투수인 자신이 메이저리그 최고의 투수를 상대하는 것 자체가 영광스러운 일이었다.

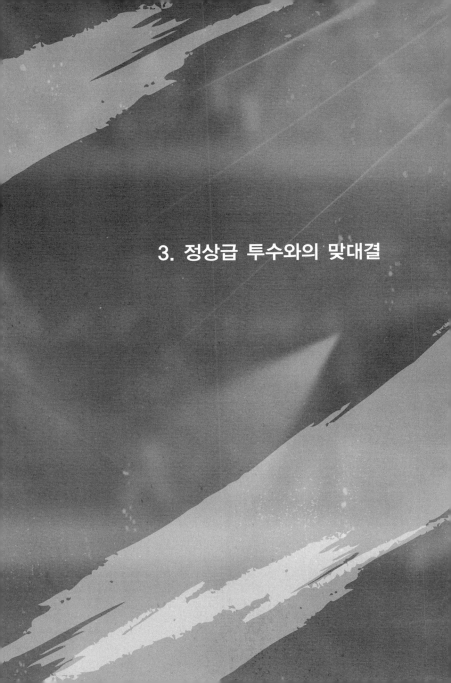

# 3. 정상급 투수와의 맞대결

오늘도 삼열이 사인한 볼을 들고 1루 쪽으로 가자 아이들이 몰려들었다. 삼열은 잠시 아이들과 이야기를 하고 같이 사진을 찍었다. 그리고 일찍 헤어졌다. 삼열이 평상시와 달리 일찍 내려오자 라이언 호크가 물었다.

"오늘은 컨디션이 안 좋은가?"

역시 메이저리그의 베테랑은 다른지 삼열의 단순한 행동 하나로 눈치를 챘다.

"네, 잠을 잘 못 잤거든요."

"그래?"

라이언 호크는 의심스러운 표정으로 삼열을 바라보았다. 아마도 오늘 맞붙을 로이 빌리진 때문은 아닐 것이다. 그가 아는 한 삼열이란 녀석은 벼락이 쳐도 배가 고프면 거기서 스테이크를 구워 먹겠다고 설칠 놈이다.

"애인 생겼어?"

"헉!"

귀신이 따로 없었다. 라이언 호크는 1995년에 텍사스 레인저스에 입단했으니 메이저리그 경력만 18년 차의 베테랑이었다.

"흠, 네 체력으로 애인과 잤다고 몸을 사릴 정도는 아닐 테고… 애인이 아팠나?"

"헐~!"

"후후."

"남의 사생활에는 신경 끄세요."

"오케이. 그래도 오늘 잘해."

"네. 믿으면 복이 옵니다."

"후후, 네가 주는 복은 사양이다."

"그럼 공포의 주먹맛을 보여줄까요?"

"그것도 사양이다."

라이언 호크가 유쾌하게 웃으며 사라지자 삼열은 스티브 칼스버그 포수와 함께 오늘 던질 구위를 점검했다. 공이 나쁘지는 않았다. 아직 젊어서 그런지 하룻밤을 새운 것이 크게 영향을 주지는 않을 것 같았다.

삼열은 어제 다비드 위드가 작성한 매튜 뉴먼과 타자가 승부한 기록들을 살펴보았다.

챈 허틀리—쟌피엘 하워드—피터 펜스로 이어지는 중심 타선이 상당히 약해진 것을 알 수 있었다. 위협이 되는 선수는 피터 펜스로, 그는 작년에 29홈런에 102타점을 올려 주의할 필요가 있었다.

중심 타선인 하워드와 허틀리는 잦은 부상 탓에 예전의 기량을 보이지 못하고 있어 삼열은 오늘 경기가 한번 해볼 만하다는 생각이 들었다.

"파워 업!"

삼열은 더그아웃으로 들어가 눈을 감고 마음을 가다듬었다. 잠시 벽에 기대어 있다 보니 잠이 설핏 들었다.

잠깐 의자에 앉아서 잔 것이 도움이 되었는지 몸이 한결 가벼워졌다. 비록 10분밖에 자지 않았는데도 무척이나 개운했다.

"뭐, 별거 있겠어? 엉터리 적자 구단을 상대로 한번 눌러줘야지."

삼열은 빙그레 웃었다. 필리스의 페이롤은 1억 7,400만 달러로, 양키스의 1억 9,800만 달러에 조금 미치지 못한다. 메이저 리그 연봉 총액이 양키스 다음으로 2위다. 그런데 필리스의 문제는 팜의 어린 유망주를 무분별하게 팔아먹어 앞이 보이지 않는 팀이라는 것이다.

필리스가 매년 로이 빌리진, 리, 하워드, 허틀리, 체임버스 등의 다섯 명에게 줘야 하는 돈은 무려 9,600만 달러다. 컵스의 존스타인 사장이 가장 혐오하는 타입의 팀인 것이다.

또 주력 타자들의 노쇠화도 문제다. 비록 어제는 존 해덕스가 호투하여 승리했지만 필리스는 승률이 0.462로 내셔널 리그 동부 지구 꼴찌를 달리고 있다.

"자, 시작하자고. 파워 업!"

삼열은 경기가 시작되자 마운드로 뛰어 올라갔다. 그리고 호흡을 고르며 이미지 메이킹을 했다. 강력한 공을 꽂아 넣는 자신의 모습을 상상했다. 이미지 속에서 상대 타자들은 자신의 공에 두려워 벌벌 떨었다.

'그렇다. 나는 마운드의 왕! 이 순간만큼은 나를 이길 사람은 아무도 없어.'

삼열은 호흡을 가다듬고 두 손을 위에서 아래로 내리며 '파워 업!'을 외쳤다. 그러자 리글리 필드 전체가 삼열의 행동을 따라 움직이며 '파워 업!'을 외쳤다.

컵스의 팬들은 100마일의 공을 우습게 던지는 삼열에게 올 시즌이 시작되면서부터 매료되기 시작했다. 무엇보다도 그가 아이들에게 베푸는 특별한 친절은 사람들의 마음을 따뜻하게 만들었다. 팬들도 결국 누군가의 아버지이고 엄마였다. 그도 아니면 형이고 삼촌이었다. 그러니 아이들을 피해갈 수는 없는 일이었다.

"힘차게 한번 해보는 거야."

주심이 플레이를 외치자 삼열은 바로 공을 던졌다.

펑.

미트에 꽂히는 소리가 들리자 관객석에서 요란한 박수가 터져 나왔다.

"오 마이 갓. 102마일이야."

"굉장해!"

여기저기서 삼열이 던진 공의 속도에 놀라는 모습이 보였다.

1번 타자 지미 체임버스도 움찔 놀라며 방금 지나간 공을 생각했다. 홈 플레이트로 날아오는 공의 크기가 수박씨만 하게 보였었다. 얼마나 빠른지 뭔가 휙 지나간 것 같긴 한데 몸이 제대로 움직여 주지를 않았다.

그는 작년 시즌에 152안타에 87득점을 했다. 타율은 0.268로 다소 낮지만 출루율은 0.338로 제 몫을 어느 정도 했다. 그런 그가 반응도 하지 못한 것이다.

삼열은 오랜만에 커브를 던졌다. 공이 활처럼 휘며 미트에 꽂혔다.

평.

"스트라이크."

163㎞/h의 공 다음에 날아온 변화구는 체임버스의 몸을 얼어버리게 했다.

제3구는 외곽의 꽉 찬 포심 패스트볼이었다. 체임버스는 배트를 휘둘렀지만 배트에 공은 스치지도 않았다.

공 세 개로 아웃 카운트를 잡자 순간 필리스의 더그아웃이 술렁거리기 시작했다. 그들은 전광판에 찍힌 102마일이라는 숫자에 놀랐으며 삼열의 정교한 제구력에는 할 말을 잃었다.

"이건 사기야. 메이저에 갓 데뷔한 신인이 이럴 수는 없어."

쟌피엘 하워드가 고개를 절레절레 흔들며 현실을 부정했다. 이는 그의 옆에 있던 피터 펜스도 마찬가지인지 그의 말에 고개를 끄덕였다.

삼열이 초구에 전력을 다한 것은 오늘의 전략이었다. 잠을 적게 잔 그로서는 시합이 언제 어떻게 될지 모르니 필리스 타자들이 가능한 빨리 자신의 공에 승부하도록 유도해야 했다.

그런 의도가 통했는지 2번 타자와 3번 타자가 1구와 2구째 공을 건드려 아웃되고 말았다. 각각 3루 땅볼과 파울 플라이 아웃이었다.

공 여섯 개로 1회를 마치고 돌아온 삼열은 더그아웃에서

의자에 기대어 눈을 감았다. 오늘은 로이 빌리진이 투구하는 것을 볼 여력이 없을 것 같아 체력을 아끼려고 일부러 그런 것이다. 그러자 마음이 호수처럼 잔잔해지며 편안해지기 시작했다.

"당신은 이미 야구를 행복하게 하고 있는걸요."

마리아가 웃으며 해줬던 말이 생각났다. 삼열은 빙그레 웃으며 오늘은 행복한 야구를 하기로 결심했다. 이제 전투가 아닌 관중에게 행복을 주기 위해, 그리고 자신이 행복하기 위해 공을 던지는 것이다.

로이 빌리진은 역시나 강했다. 세 명의 타자들이 제대로 반격도 못 하고 삼자범퇴를 당하고 말았다. 삼열은 빙그레 웃으며 다시 마운드에 섰다. 그가 마운드에 서자 리글리 필드의 관중석에서 '파워 업!' 소리가 다시 터져 나왔다. 삼열은 공을 던졌다.

4번 타자 쟌피엘 하워드가 배트를 휘둘렀지만 공은 미트에 그대로 꽂혀 버렸다. 포심 패스트볼이었다.

펑.

"스트라이크."

삼열은 제2구로 컷 패스트볼을 던졌다. 공이 스트라이크 존에서 안쪽으로 휘어져 들어갔다.

딱.

데굴데굴.

공이 힘없이 굴러와 삼열의 앞에 도착했다. 삼열은 천천히 공을 집어 1루로 던졌다. 하워드는 1루로 뛰다가 놀란 눈으로 삼열을 바라보았다. 좌타자인 그의 배트가 타격과 동시에 휘어져 들어온 공에 맞아 부러진 것이다. 마리아노 리베라를 연상시키는 무시무시한 커터였다.

5번 타자 피터 펜스는 4구 끝에 삼진, 6번 타자는 1구 만에 외야 플라이로 아웃이 되었다. 2회도 일곱 개의 공으로 마쳤다. 삼열은 관중을 향해 작게 손을 흔들고 더그아웃으로 들어갔다.

삼열은 다시 의자에 앉아 눈을 감았다. 그러자 이번에도 마음이 편안해졌다. 세상에 오직 자신만이 홀로 있는 듯 주변의 사물들이 그의 의식 속에서 사라졌다. 그는 승패와 관계없이 편안하게 쉬다가 다시 마운드로 올라갔다. 한 번 기선을 잡은 삼열의 투구에 필리스의 타자들은 속수무책으로 당했다.

"삼열, 준비해야지."

"어, 그래야지."

삼열은 3회 말 공격에 안타를 치고 1루에 진루한 7번 타자 스티브 칼스버그를 바라보았다. 그는 배트를 들고 대기석에서 로이 빌리진의 구질을 살펴보았다.

로이 빌리진은 작년 시즌부터 커터를 주로 던졌는데, 이는 포심 패스트볼의 구속이 98마일에서 93마일로 떨어졌기 때문이다. 이는 오버 핸드 투수였던 그가 스리쿼터로 투구폼을 바꿔서 구속이 줄어든 영향도 있었지만, 가장 큰 이유는 그가 나이를 먹었기 때문이다.

그래서 그는 구속이 떨어진 포심 패스트볼은 거의 던지지 않았고, 커터를 던지는 비율이 50%를 넘어가고 있다. 게다가 제구가 잘되고 있는 커브와 스프린터의 비율이 현저히 늘어났다. 여전히 그는 메이저리그의 정상급 투수이기는 하지만, 지고 있는 해였다.

삼열은 메이저리그 톱 클래스 투수의 공을 지켜보았다. 타자들이 배트를 휘둘렀지만 제대로 맞히지는 못하고 있었다.

로이 빌리진은 2010년 5월에 플로리다 말린스를 상대로 퍼펙트게임, 같은 해 10월에는 신시내티 레즈를 상대로 노히트 노런을 달성하기도 했다. 그리고 2003년에는 아메리칸 리그에서, 2010년에는 내셔널 리그에서 사이영상을 수상했다.

하지만 이제 그는 예전의 그가 아니었다. 삼열의 눈에 그의 투구의 패턴이 읽히기 시작했다.

노련한 투구로 자신의 단점을 가렸지만, 침착하게만 기다리면 로이 빌리진의 공을 공략하는 것은 어렵지 않을 듯싶었다.

하지만 그렇게 하려면 선구안이 좋아야 했다. 공을 스트라이크 존에서 한 개나 두 개 정도 빼서 던지는 유인구가 많았다.

유인구에 걸려든 컵스의 타자들은 헛스윙하거나 쳐도 땅볼타구로 아웃되기가 쉬웠다. 결국 존 레이가 4구 만에 투수 직선타로 잡히는 바람에 아웃되었다. 그나마 재빨리 귀루한 칼스버그는 아웃을 면했다.

'안타를 칠 자신은 없어도 엿은 충분히 먹일 수 있겠군. 팬들이 몇 개의 파울 공을 치면 좋아할까?'

생각이 바뀐 삼열은 어떻게 하면 팬들이 즐거워할까를 생각하기 시작했다. 일단 투수의 힘을 빼놓을 필요는 있었다.

보호대로 완전무장한 삼열을 보고 로이 빌리진은 웃었다. 투수가 타격을 위해 저렇게 요란한 복장을 하고 나온 것이 말이 안 되었다. 하지만 그는 삼열이 홈런을 두 개나 친 것을 잘 알고 있었다.

동료들이 오늘 시합에서 삼열 강과 맞대결을 한다고 하자 1번 타자보다 까다로운 투수를 상대하게 생겼다고 걱정을 해주었었다.

그는 그런 말을 한 귀로 듣고 한 귀로 바로 흘려 버렸다. 자신은 방심하지 않을 것이기에 상관없다고 생각했다. 그런데 막상 상대하고 보니 어지간한 타자 못지않은 투지가 느껴지는 것 아닌가.

'신중하게 상대해야겠는걸.'

그의 오감이 주의하라고 신호를 보내오고 있었다. 이런 날의 예감은 거의 맞아떨어졌기에 그는 무척이나 신중하게 승부하려고 공을 던졌다.

그러나 유인구를 던져도 따라오지 않자 로이 빌리진은 할 수 없이 스트라이크를 던져야 했다.

펑.

"스트라이크."

'뭐지?'

로이 빌리진은 의아했다. 치겠다는 의지는 있는 것 같은데 배트가 나오지 않은 것이다. 그렇다고 무시하기에는 기록상으로 나타난 그의 타격 솜씨가 너무나 좋았다.

'어떻게 한다?'

로이 빌리진은 다시 한 번 유인구를 던졌다. 역시나 상대의 배트는 따라 나오지 않았다. 괜히 신중하게 던지려다가 공만 낭비한 것이다. 로이 빌리진은 다시 공을 던졌다.

그때부터 그의 악몽이 시작되었다. 스트라이크 비슷한 공은 모조리 커트되고 있었다.

열다섯 개의 공을 던지고는 기어이 안타를 맞고 말았다. 깊숙한 외야 안타라 1루 주자는 3루까지 갔고 삼열은 1루에 멈췄다.

정상급 투수와의 맞대결 87

"지독한 놈."

로이 빌리진은 1루에 서 있는 삼열을 노려보며 중얼거렸다.

1루에 진출한 삼열은 하늘을 바라보았다. 솜사탕보다 부드러운 구름이 뭉실뭉실 떠 있었다. 잔잔하고 따뜻한 햇살에 바람도 졸린 듯 마냥 부드러웠다.

삼열은 두 팔을 벌려 보았다.

"뭐 하냐? 장비 벗지 않고."

1루 코치가 폼잡는 삼열을 향해 말하자 그는 재빨리 장비를 벗기 시작했다. 장비를 벗을 때까지 상대 투수는 기다려 준다. 그러니 잠시라도 지체하는 것은 예의가 아니었다. 1루 코치에게 보호 장비를 다 벗어주고 나서야 삼열은 1루 수비수와 이야기를 나눴다.

1번 타자 빅토르 영이 타석에 들어서자 로이 빌리진이 1루를 흘깃 훔쳐보았다. 스리쿼터로 투구폼이 간결한 그는 뜻밖에 투구 동작이 느려 도루를 잘 허용하는 투수에 속했다.

1루에 발 빠른 주자가 나가 있으면 투수들은 빠른 공을 선호하게 된다. 이는 1루 주자가 2루로 도루를 할 때 저지하기 위해 어쩔 수가 없는 일이다. 눈치가 빠른 타자는 이것을 염두에 두고 투수의 공을 노리곤 한다.

로이 빌리진이 견제의 의미로 공을 1루로 던졌다. 하지만 삼열은 1루에 그대로 서서 팔을 벌리고는 바람을 맞고 있었다.

"와아!"

"우헤헤헤."

관중석에서 작은 웃음이 터져 나왔다. 로이 빌리진의 얼굴이 빨갛게 변하였다. 사실 좀 오버한 면이 없지는 않았지만 그렇다고 그렇게 웃긴 상황도 아니었다. 이는 삼열의 팬 중 아이들이 많아 나타난 현상이었다.

어제 잠시 본 비디오에서 삼열이 엄청난 속도로 도루하던 것을 떠올린 로이 빌리진은 포수의 도루 견제 사인을 보자마자 신속하게 1루로 던진 것이었다. 하지만 삼열은 일반적인 주자들과 달리 도루를 위한 리드 폭을 많이 잡지 않았다.

삼열은 엄청난 러닝을 매일 하고 있기에 달리기만큼은 자신이 있었다. 게다가 신성석에 의한 육체의 개조가 초급 단계에 도달하여 단거리 육상 선수만큼 빠르게 달릴 수도 있었다.

필리스의 포수 카를로스 베나즈의 판단이 사실 틀린 것은 아니었다. 단지 삼열이 기존의 선수들과 달랐다.

영악한 삼열은 자신을 바라보는 투수의 표정을 보고 견제구가 올 것을 예상해 이번에 움직이지 않았다. 일반적으로 투수가 1루 주자를 견제하는 것은 포수의 사인에 의한 경우가 많다.

아무래도 뒤에 있는 주자를 투수가 견제하는 것은 힘든 일이다. 주자가 뛸 것 같은 눈치가 보이면 포수가 투수에게 주자를 견제하라는 사인을 보낸다.

삼열은 투 스트라이크가 되자마자 바로 2루로 달렸다. 베나즈 포수는 그 모습을 보고도 던지지 못했다. 2루수의 백업이 늦은 점도 있었지만 삼열의 도루가 너무나 빨랐던 것이다.

"와아!"

"총알보다 더 빨랐어!"

"괴물이야, 괴물. 완전 도루의 사나이야."

로이 빌리진은 삼열이 도루에 성공한 모습을 보고 화가 났다. 주는 것 없이 미운 놈이다. 공을 열다섯 개나 던지게 하고는 이제는 도루까지 했다. 마음을 진정하지 못한 상태에서 로이 빌리진은 공을 던졌다.

딱.

커터가 밋밋하게 들어가자마자 1번 타자 빅토르 영이 안타를 쳤다. 2루수의 키를 넘기는 공에 3루 주자는 물론 2루 주자인 삼열까지 들어왔다. 순식간에 2점이 났다.

삼열은 더그아웃에 들어와 동료들의 축하를 받으며 의자에 앉았다.

'내 거는 내가 찾아 먹어야지. 타격 연습을 더 열심히 해야겠군.'

삼열은 눈을 감고 미소를 지었다.

로이 빌리진은 3회 말에 흔들려 1점을 더 내주었다. 확실히 컵스의 응집력은 작년과는 확연하게 차이가 날 만큼 달라져 있었다. 그리고 찬스에 강한 스트롱 케인이 2루타를 때리자 빅토르 영이 홈으로 들어왔다. 하지만 그다음엔 마음을 다잡은 로이 빌리진이 3, 4번 타자를 삼진으로 잡아버렸다.

삼열은 마음의 평화가 얼마나 중요한지 이번 경기를 통해 깨달았다.

마음이 편하니 투구에 불필요한 동작들이 없어지고 한결 간결해졌다. 이전에도 투구폼만큼은 굉장히 간결했지만, 지금은 다른 부분들에서도 낭비적인 행동들이 없어졌다.

시합에 집중.

삼열은 오늘 오직 공을 던지는 데만 집중을 했다. 그러자 이전과는 비교도 할 수 없을 정도로 공이 날카로워졌다. 160km/h의 공이 자로 잰 듯 제구가 되어 날아오니 필리스의 타자들은 손도 제대로 대지 못했다.

시카고 컵스의 지역 방송인 원더풀 스카이의 에드워드 찰리신 아나운서와 자니 메카인 해설 위원이 삼열의 활약에 신이 나 방송을 하고 있었다.

─어떻습니까? 오늘의 삼열 강 선수 말입니다.

─한마디로 굉장합니다. 뭐라고 말할 수 없는 눈부신 피칭입니다. 정말 저 어린 선수가 메이저리그에 갓 데뷔한 신인이

라는 것이 믿어지지 않습니다. 100마일을 넘나드는 직구, 투심과 커터로 보이는 공의 예리함, 그리고 각이 큰 변화구가 완벽하게 들어가고 있습니다. 저렇게 제구가 되는 공이라면 그 누구라도 치기 힘들 것입니다.

자니 메카인 해설위원은 침이 마르도록 삼열을 칭찬했다. 3회까지 필리스의 타자 가운데 삼열의 공을 제대로 공략한 타자는 단 한 명도 없었다.

—지금까지는 퍼펙트게임인데요, 저번에도 7과 2/3이닝 동안에 퍼펙트를 하지 않았습니까?

—그렇습니다. 아웃 카운트 네 개를 남겨놓고 허벅지 부상으로 자진 강판했죠. 데뷔 무대에서 퍼펙트게임이 나올 뻔했습니다. 그때는 정말 굉장했습니다. 어떻게 이런 선수가 지금에서야 나왔는지 모르겠군요. 컵스의 보물이에요, 보물!

—자니 메카인 씨, 그렇다면 베일 카르도 감독의 용병술은 어떻게 보십니까?

—지금까지로 봐서는 훌륭하다고 볼 수 있습니다. 마이너리그에서 삼열 강 선수를 불러와서 4선발로 삼은 것이라든지, 지난 경기에는 과감하게 타자로 출전시킨 것 모두 혁신적이었죠. 하지만 염려스러운 점이 아주 없지는 않아요.

—무엇입니까?

—싱싱한 어깨를 믿고 삼열 강 선수를 마크 프라이어나 케

리 우드같이 함부로 등판시킨다면 이번에는 팬들이 용납하지 않을 것입니다. 특히나 삼열 강 선수는 어린아이들에게 엄청난 인기를 얻고 있습니다. 그리고 소문에 의하면 그 두 선수처럼 얌전하지도 않다고 하더군요. 악동으로 소문난 선수인 만큼 감독도 마구잡이로 등판시키지는 못할 것입니다.

　─그랬으면 좋겠습니다. 아, 삼열 강 선수, 15구째 안타를 치고 나가서 빅토르 영 선수의 안타에 드디어 득점하였습니다. 하하, 투수가 해결사 역할을 하고 있군요.

　─그게 삼열 강 선수의 매력이라고 할 수 있습니다. 아, 말씀드리는 순간 다시 스트롱 케인 선수가 외야 안타를 쳤습니다. 굉장합니다. 오늘은 컵스의 날이라고 불러도 좋을 것 같군요. 로이 빌리진을 상대로 초반에 이렇게 점수를 많이 뽑는 것은 예상치 못한 일인데요. 아, 그런데 로이 빌리진 선수가 작년부터 자잘한 부상을 계속 당하지 않았습니까? 작년에는 어깨 부상으로 DL에 오르고 올해는 발목 부상을 입었는데요, 아무래도 선수의 나이와 연결이 안 될 수 없군요.

　─로이 빌리진, 올해 37세가 되면서 힘이 많이 빠진 것이죠. 그것을 노련한 경기 운영으로 커버하려고 하는데 잘되지 않는군요. 어떻게 생각하십니까?

　─맞습니다, 맞고요. 작년에 로이 빌리진이 어깨 부상으로 30일의 DL에 오른 것이 더 문제입니다. 수술까지는 가지 않았

지만 그의 나이를 감안하면 상당히 우려할 만한 상황이었습니다. 이제는 로이 빌리진도 이닝 이터로서의 역할을 조금씩 줄여야 할 것입니다. 그러나 문제는 필리스의 중간 계투진이 약하다는 것이죠. 따라서 선발 투수들이 긴 이닝을 책임져야 하는 상황이 됩니다. 그러면 그럴수록 선발투수들의 노쇠화가 빨리 올 수가 있지요.

　―그렇다면 로이 빌리진은 지금까지 몇 이닝을 던졌죠?

　―로이 빌리진은 이제까지 통산 378경기에 출전하여 2,531이닝을 던졌습니다. 2006년부터 2011년까지 매년 200이닝 이상을 소화했는데, 이제는 절대적으로 이닝 수를 줄여야 합니다. 물론 로이 빌리진이 제구력 투수이기에 한 이닝에 던지는 투구 수는 많지 않지만, 그래도 그의 나이를 생각하면 무척이나 많은 이닝입니다.

　―그렇다면 삼열 강 선수는 어떻게 보십니까?

　―삼열 강 선수는 기본적으로 이닝 이터의 면모를 강하게 보이는데, 일단 그가 고등학교 때 처음으로 야구를 시작했으니 혹사당할 일이 아예 없었을 터이고 본인이 또 알아서 몸 관리를 잘하더군요. 이제까지 네 경기에 참가하여 3승 1패에 자책점이 0.666을 기록하고 있습니다. 이제까지 신인이 메이저 리그에 데뷔해서 올라오면 자책점이 3.0만 되어도 대단한 투수라 할 수 있는데 자책점이 채 1도 되지 않는다는 것은 경이

로운 수치죠. 네 경기에 출전하여 27이닝 동안 2실점밖에 하지 않았습니다.

―와우, 대단한 선수로군요.

―하하, 하지만 삼열 강 선수의 최대 장점은 어린이 팬들에게 압도적인 사랑을 받고 있다는 것입니다. 구단 관계자에게 들은 이야기로는 삼열 강 선수의 티셔츠가 날개 돋친 듯 팔려 나가고 있다고 하네요.

―하하, 자니 메카인 씨. 이제까지 신인이 이렇게 대중의 사랑을 받은 적이 있었나요?

―글쎄요. 베이브 루스도 데뷔했을 때부터 인기가 있었죠. 홈런 타자로 알려진 베이브 루스의 원래 보직은 투수였습니다. 루스는 좌완 투수였는데 데뷔전에서 7이닝을 무실점으로 던져 승리투수가 되었죠. 첫 시즌에 18승 8패 방어율 2.44로 풀타임 메이저리그를 보냈고 월드 시리즈에서 14이닝 1실점으로 완투승을 거두었죠. 다음 해에도 24승을 올렸으니 대단하죠. 그는 메이저리그 통산 94승을 거두었고, 타자로서는 714개의 홈런을 기록했으니, 베이브 루스는 신인 때부터 삼열 강 선수 못지않은 인기를 얻었습니다.

―하하, 베이브 루스 선수가 투수 출신이라는 것을 모르는 분들이 많을 텐데요. 참 재미있었던 선수였죠?

―그는 굉장히 괴팍한 성격을 가졌습니다. 그러고 보니 괴

팍한 면에 있어서도 삼열 강 선수와 비슷하군요. 물론 삼열 강 선수는 악동이라는 소문은 났지만, 그래도 귀여운 면이 많이 있지요. 베이브 루스에 비하면 말이죠.

—아이들이 무척이나 좋아한다고 하던데요.

—그렇습니다. 홈경기에서는 아이들에게 자비로 공을 사서 선물한다고 하더군요. 그 공에 사인하여 매 경기마다 100개의 공을 나눠준다니 아이들이 좋아하지 않을 수 없죠. 아이들은 경기장에 와서 파울 볼 하나만 주워가도 동네 친구들에게 자랑할 텐데 요즘 한창 뜨고 있는 투수가 사인까지 해서 주니 인기가 좋을 수밖에 없죠.

—그래서 삼열 강 선수가 나오면 파워 업을 아이들이 외치는 것 아닙니까?

—물론입니다. 문제는 이제 파워 업을 삼열 강 선수가 나올 때만이 아니라 컵스 선수가 나오면 아무 때나 외친다는 것이죠. 해서 이제 컵스의 구호가 파워 업이 되어가고 있는 것도 흥밋거리입니다.

—항간에는 인기를 돈으로 샀다는 비난이 조금 있는 것 같은데 어떻게 보십니까?

—하하, 저도 들었습니다. 스프링 캠프 때 아이들에게 1천 달러의 사인을 나눠준 것 말이죠. 그거야 아이들에게 관심을 끌려고 한 일이지만, 이렇게 잘나가는데 누가 삼열 강 선수의

사인을 1천 달러와 바꾸겠습니까?

　—문제는 이제까지 삼열 강 선수처럼 한 선수가 없다는 것이죠. 제 손녀가 삼열 강 선수에게 사인공을 받아서 하는 이야기는 아니지만, 메이저리그의 어느 누구도 이런 일을 하지 않았습니다. 심지어 매년 수천만 달러의 연봉을 받는 선수들도 하지 않았습니다.

　—그런데 그는 이제 메이저리그에 데뷔한 신인으로, 메이저리그 최저 연봉을 받는 선수입니다. 그런 선수가 하는 것이니 아이들을 위해 하는 이벤트를 비난하는 것은 옳지 않습니다. 그리고 만약 그가 그렇게 했어도 실력이 없었다면 사람들이 그렇게 좋아하지도 않았을 것이고요.

　—하하, 그렇죠. 말씀드리는 순간 공수가 교대되는군요. 이제 파워 업 선수가 어떻게 공을 던질지 궁금해집니다.


　삼열은 마운드에 올랐다. 한 타자에게 강속구는 한 개 정도 던졌다. 초구를 강속구로 던지고 나서 변화구를 던지면 타자가 정신을 못 차렸다.

　삼열은 타자가 직구를 기다리면 변화구를 던지고 변화구를 기다리면 직구를 던지곤 했다. 오늘은 그 타이밍이 절묘하게 맞아떨어졌다.

　"도대체 왜?"

"왜 우리가 못 치는 것이지?"

필리스의 더그아웃에서는 삼열의 공에 삼진을 당하는 동료를 보며 선수들이 부르짖었다.

이유는 너무나 명확했다.

상대 투수가 너무나 잘 던졌다. 딱히 다른 이유가 더 필요 없을 정도로 공을 잘 던졌다.

찰리 레이나 감독은 작년의 악몽이 다시 생각났다. 로이 빌리진이 어깨 부상을 당했을 때 그는 '걱정이다. 어찌 걱정이 되지 않겠는가'라고 인터뷰를 했다. 지금도 딱 그때의 심정이었다.

메이저리그 정상급 투수들을 가지고도 필리스는 지구 꼴찌를 하고 있으니 그도 엄청난 스트레스를 받았다.

2008년 월드 시리즈를 우승했을 때 그는 말했다.


**"탄탄한 팀워크를 가진 우리 팀이 모든 팀을 이길 것으로 생각했다. 우리는 경기를 지배했다."**


머릿속에 있던 그 말들이 올 시즌에는 반대로 적용될 것 같았다. 가장 뛰어난 선수들을 가지고 있지만 계속 패배를 했다. 경기에서 상대 팀을 전혀 압도하지 못했다.

나직이 뱉은 그의 한숨이 실낱같이 가늘게 운동장으로 퍼져나갔다. 그는 마운드에서 공을 던지는 컵스의 신인 투수를 바라보았다.

메이저리그 최저 연봉 48만 달러의 선수가 2,000만 달러의 선수를 압도하고 있었다.

그는 다시 나직하게 신음을 터뜨렸다. 아무도 그의 신음 소리를 듣지 못했지만 매 순간순간이 고통의 순간이었다.

도대체 아드리안 주니어 단장이 어떤 생각을 하고 있는지 도무지 짐작도 할 수 없었다.

팀의 유망주를 모두 팔아먹고는 돈으로 기라성 같은 선수를 잡았다. 또다시 월드시리즈를 제패하기 원하는 것 같은데 다른 팀들이라고 놀고 있는 것이 아니다. 돈으로 우승을 살 수 있게 된다면 매년 양키스가 월드 시리즈를 제패했으리라.

찰리 레이나 감독은 어두운 눈빛으로 마운드를 바라보았다. 48만 달러의 선수가 1억 7천 4백만 달러의 선수들을 일방적으로 가지고 놀고 있었다.

다시 함성이 리글리 필드에 울려 퍼졌다. 그리고 또 한 명의 선수가 삼진으로 물러났다. 잠시 후 3번 타자 챈 허틀리마저 2구 만에 외야 플라이로 물러나자 공수가 바뀌었다.

'컵스는 보물을 진창에서 건졌군. 레드삭스는 왜 저런 보물을 넘겼을까?'

아무리 생각해도 이해가 되지 않았다.

4회 초가 끝났다. 삼열은 공을 던질수록 자신이 발전하고 있음을 알았다. 그전에도 공을 던지는 것이 즐겁기는 했지만 오늘만큼은 아니었다. 야구를 하고 있는 이 순간이 마냥 즐거웠다.

'나는 야구를 즐기고 있는가?'

'너는 잘하고 있어. 넌 행복하잖아.'

'파이팅, 삼열!'

마음속에서 잘 정돈된 생각들이 레일 위를 질주하는 기차처럼 빠르게 그의 머리로 지나갔다.

삼열은 컵스의 타자들이 타석에 들어서는 것을 보며 눈을 감았다. 그러자 그는 다시 혼자가 되어 그만의 세계에 빠졌다. 그 모습을 본 다른 선수들이 조심스럽게 이야기를 하기 시작했다.

"삼열 강이 왜 저러고 있지?"

"아마도 집중력을 유지하기 위해서 저러는 것 같은데."

"삼열이 달라진 것인가?"

선수들이 조용하게 소곤거렸다. 그들도 오늘 삼열의 태도가 다른 날과 다른 것을 알고 조심하고 있었다.

다시 제구력을 회복한 로이 빌리진이 강력한 공을 던지자 컵스의 타자는 맥없이 물러나기를 반복했다.

"헤이, 삼열. 끝났어. 너의 실력을 보여줘."

에밀리 선수가 삼열의 어깨를 흔들어 그를 깨웠다. 삼열은 잠을 잔 것은 아니었지만 자신만의 세계에 잠겨 있느라 경기가 어떻게 돌아가는지 몰랐다. 눈을 떠 천천히 마운드로 걸어 올라갔다. 전광판의 점수는 여전히 3 : 0으로 변함이 없었다.

4번 타자 쟌피엘 하워드가 타석에 들어섰다. 삼열은 단단히 노리고 있는 타자를 향해 낮은 스트라이크를 던졌다.

딱.

데굴데굴.

3루수가 뛰어나와 공을 잡아 1루로 송구하였다. 그림 같은 수비였다. 초구를 노린다고 한 것이 빗맞은 타구가 되어버렸다. 삼열이 공 한 개로 아웃 카운트를 잡자 관중석에서 박수가 터져 나왔다.

5번 타자 피터 펜스를 4구 만에 파울 플라이 아웃으로 잡았다.

역시나 그는 요즘 타격 감각이 좋다더니 그래도 다른 선수들보다 더 끈질긴 승부를 했다.

삼열은 6번 타자를 향해 다시 공을 던졌다. 이를 악문 타자의 표정을 보고는 살짝 빠지는 유인구를 던졌다. 공이 스트라이크 존에서 벗어났지만 타자가 배트를 휘둘렀다.

딱.

공은 2루 직선타로 로버트의 거미줄 같은 수비망에 걸려 아웃되었다. 확실히 로버트는 신인답지 않은 노련한 경기로 자신의 영역 근처에 얼씬거리는 공은 절대로 자신의 손에서 벗어나지 못하게 만들었다.

"헤이, 굿 잡!"

삼열이 칭찬하자 로버트가 놀란 표정으로 삼열을 바라보았다. 이제까지 삼열은 단 한 번도 지금처럼 로버트를 칭찬한 적이 없었다. 라이벌이라 그렇기도 했지만, 알아서 잘하는 그에게 어떠한 위로나 격려를 할 필요도 찾지 못했기 때문이다.

삼열이 더그아웃에 자리를 잡으려고 하자 라이언 호크가 그가 타격할 차례라고 말해 주었다. 엄밀히 말하면 8번 타자 존 레이의 순서였다. 삼열은 배트를 쥐고 대기 타석으로 들어갔다.

삼열이 레드삭스의 마이너리그에 있을 때는 대타 제도가 있는 아메리칸 리그라 타석에 설 일이 별로 없었다. 하지만 내셔널 리그로 와서 지내다 보니 이제는 타석에 서는 일이 자연스럽게 느껴졌다.

딱.

"어?"

삼열은 공이 날아가는 모습을 보며 나지막하게 외쳤다. 요즘 극도로 타격 슬럼프를 겪고 있는 존 레이가 안타를 치고 나간 것이다.

"워우, 멋진 안타네."

삼열은 1루에 진루하여 좋아하는 존 레이를 바라보며 호흡을 갈랐다.

모처럼 안타로 진루하여 좋아하는 모습에 미소가 지어졌다. 그는 원래 타격이 그다지 나쁜 선수가 아니라서 부진에서 벗어나기만 한다면 컵스의 전력에 큰 도움이 될 것이다. 지금 시카고 컵스는 2위 팀과 한 게임 차로 뒤진 3위를 기록하고 있었다.

삼열은 로이 빌리진이 초구에 스트라이크를 던질 것으로 생각했다. 지난 타석에서 자신이 초구를 흘려보낸 것을 기억할 것이다.

그래서 그는 눈을 가늘게 뜨고 상대 투수를 바라보았다. 단단히 벼르고 있는 모양이었다. 아마도 아까 15구 끝에 안타를 맞은 것을 기억하는 듯했다.

'그렇다면 당연히 초구부터 승부해야지.'

삼열은 타석에 섰다. 첫 번째 타석에 섰을 때는 배트를 극단적으로 내렸기에 공을 친다고 하더라도 안타가 되기 힘든 자세였다면 지금은 다른 타자들처럼 적극적인 타격 자세를 취했다.

하지만 로이 빌리진은 이를 알아차리지 못하고 힘껏 공을 던졌다. 공은 스트라이크 존을 통과할 즈음 삼열이 휘두른 배트의 중앙에 그대로 맞았다.

따앙.

컵스의 더그아웃에 있던 선수들이 자리에서 벌떡 일어났
다.


—홈런, 홈런입니다!

—아, 굉장합니다! 중앙 펜스를 가볍게 넘기는, 멋진 홈런이
군요. 컵스의 팬들께서는 투수가 홈런을 때리는 모습을 보고
계십니다. 하하, 벌써 3호 홈런이군요. 이러다가는 삼열 강 선
수, 타자로 전향하라는 조언을 들을 것 같군요. 그는 정말 만
능선수입니다. 투수로서도 굉장하지만 타격 실력도 엄청납니
다!

마리아는 거실에서 TV 화면을 보며 삼열이 홈런을 치자 좋
아서 팔짝팔짝 뛰었다. 오늘은 병원에서 안정을 취하라는 진
단을 받고 회사에 연락한 뒤 집에서 쉬고 있는 중이었다.

마음 같아서는 경기장으로 달려가고 싶었지만 직원들의 눈
치가 보였다. 아프다고 하루 휴가를 냈는데 경기장에 나타난
다면 말이 안 되었기에 TV를 보며 아쉬움을 달래고 있었다.

삼열이 1회부터 큰 어려움 없이 경기를 리드하자 마음이 놓
였다. 어제 밤새 자신을 간호했던 것이 마음에 걸렸었는데 이
제는 조금은 안심이 되었다.

"달링, 정말 멋져요. 파워 업이에요, 파워 업!"

마리아는 귀엽게 포즈까지 취하며 파워 업을 외쳤다.

사실 삼열이 홈런을 칠 수 있었던 이유 중 하나는 손목의 힘 때문이었다. 공을 잘 던지기 위해 끊임없이 어깨 운동을 하고 손목 운동, 손가락 운동도 하루도 빠지지 않고 했다.

투수는 어깨로 공을 던지지만 온몸의 힘을 공에 쏟아붓는 것처럼 타자도 마찬가지다. 타자도 허리를 이용하여 배트에 자신의 몸무게를 모두 실어야 장타가 나온다. 여기에 손목 힘이 가세하면 강타자가 될 가능성이 매우 높아진다.

삼열은 3루를 돌면서 환호하는 관중들의 소리를 들었다.

예전에는 저 소리가 말 그대로 그냥 소리였다. 하지만 지금은 그들이 행복해서 내지르는 소리라는 것을 알게 되었다.

메이저리거가 연봉을 많이 받는 이유는 야구를 좋아하는 사람들에게 기쁨과 행복을 주기 때문이다. 물론 그 많은 연봉의 상당수가 거품이지만.

삼열은 홈 플레이트에 발을 디디고는 동료에게 살짝 손을 흔들었다. 반면 로이 빌리진은 망연한 표정으로 마운드에 서 있었다.

삼열은 홈런을 치고 난 후에도 예전처럼 거만한 표정으로 잘난 체를 하지 않았다. 얌전하게 더그아웃에 들어와 벤치에 앉고는 눈을 감았다.

"쟤 왜 저러냐?"

"제가 어떻게 알아요?"

선수들은 달라진 삼열의 태도에 궁금한 것이 많았지만 성질 더러운 놈이 폼잡고 눈을 감고 있는데 차마 말을 걸기가 어려웠다.

다른 날과는 너무도 다른 분위기에 라이언 호크조차 옆에 있는 삼열에게 말을 걸기가 꺼려졌다. 그들은 속으로 생각했다.

'이기고 있는데, 뭘. 그래도 잘난 체하지 않으니 어째 불안한데……'

삼열은 눈을 감자 로이 빌리진이 자신을 비웃으며 한가운데로 공을 던지던 것이 생각났다. 그 공을 홈런으로 만든 것은 즐거운 일이다.

'행복은 마음에 있는 것이었어. 난 불행한 시절을 보냈다고 생각했는데 사실은 내 마음이 불행했었던 거야.'

삼열이 잔잔하게 마음의 소리를 듣는 그 시간, 컵스의 1번 타자 빅토르 영이 안타를 치고 나가자 필리스의 감독은 로이 빌리진을 강판시키고 빌리 콘라스트 투수를 마운드에 올렸다.

작년에 2.64, 올해에는 2.87의 평균 자책점을 기록하고 있는 안토니오 바스타도를 올리지 않는 것으로 봐서 찰리 레이나 감독은 오늘 경기를 어느 정도 포기한 것 같았다. 물론 빌리 콘라스트도 중간 계투진으로 나와 3.86의 방어율을 가지고 있으니 아주 버리는 패는 아니었다.

컵스의 타자들은 신이 났다. 다른 누구도 아니고 메이저리그 최고 투수 중 하나인 로이 빌리진을 조기에 강판시킨 것이다. 그 자신감으로 무장한 상태로 스트롱 케인이 타석에 들어섰다.

그가 들어서자 관중석에서 파워 업 소리가 요란하게 들려왔다. 그 역시 어린 선수라 아이들에게 인기가 있었다. 그는 공이 날아오자 배트를 힘껏 휘둘렀다.

딱.

공이 우익수의 키를 넘어 담쟁이 사이로 굴러 들어갔다가 한참 만에 다시 나왔다. 그 덕분에 빅토르 영은 홈으로, 스트롱 케인은 2루까지 진루할 수 있었다. 바뀐 투수의 초구를 노리라는 말처럼 두꺼운 방어막이 씌워지기 전에 투수를 침몰시킨 것이다.

바뀐 투수가 초구를 스트라이크로 잡으면 자신감을 가지기 시작하고 경기에 적응하기 시작하면 공략하기 힘들어진다.

"저 녀석도 펄펄 날잖아."

로버트는 눈을 감고 있는 삼열을 버려두고 안타를 치고 나간 스트롱 케인의 성공을 질투했다.

사실 그의 진정한 라이벌은 스트롱 케인이다. 같은 타자이고 타율이나 팀 공헌도도 비슷했다. 로버트는 주먹을 꽉 쥐며 파워 업을 작게 외쳤다.

"엥? 파워 업은 저 녀석의 구호인데."

로버트는 눈을 감고 자는 듯 미동도 없는 삼열을 흘깃 쳐다보았다. 그러고는 또 중얼거렸다.

"알 수 없는 놈!"


베일 카르도 감독은 회심의 미소를 지었다. 팀이 침체에 빠지려고 할 때 성질 더러운 놈을 꼬드겨 타석에 세운 이후에 팀이 살아났다.

그때도 그렇고 오늘도 삼열은 타격에서 펄펄 날았다. 투수로서도 굉장했지만 타자로서의 재능도 엄청났다. 보면 볼수록 타격 실력이 아쉬웠다. 그렇다고 타자로 함부로 세울 수는 없다. 투수로서의 그의 재능은 그보다 더 놀라웠으니까.

메이저리그에 홈런을 잘 치는 타자들이야 많지만 100마일의 공을 던지는 투수는 손에 꼽힌다. 그리고 그중에서도 가장 빠른 공을 삼열이 던지고 있다. 삼열이 100마일의 공을 던져놓으면 이후의 공은 슬슬 던져도 타자들은 얼어버려 맥을 못춘다.

삼열은 굉장히 영악하게 경기를 풀어가고 있었다. 저런 공을 가지고 있으면 자랑하고 싶어서 안달이 날 텐데, 어지간하면 전력투구를 하지도 않고 맞혀 잡기에 혈안이 되어 있었다.

시카고 지역 방송인 원더풀 스카이의 방송 부스가 차분한 분위기인 반면, KBC ESPN의 방송을 내보내는 부스에서는 난리가 났다.

한국사람 특유의 오버에 소리를 고래고래 지르며 삼열을 칭찬하기 바빴다.

특히나 장영필 아나운서는 '국민 여러분!'이라는 소리를 지르면서 오버의 극치를 달리고 있었다. 옆에 있던 노련한 송재진 해설 위원도 별반 다르지 않았다.

그도 어릴 때부터 박찬호의 경기를 보고 자랐다. 국민 영웅이 된 그를 좋아했다.

물론 메이저리그에서 124승을 거둔 박찬호와 아직 3승밖에 없는 애송이를 비교하는 것은 무리가 있지만 왠지 이 선수는 오래 갈 것 같다는 느낌이 그를 사로잡았다. 그만큼 대단하다, 굉장하다는 생각이 끊임없이 들게 하는 선수였다.

메이저리그 생방송을 하기 위해 자원해서 미국에 온 그는 직접 첫 중계를 하면서 자신의 선택이 얼마나 탁월했는지 바로 알아챘다. 현지에서의 강삼열의 인기가 어마어마했던 것이다.

그가 타석에 들어서거나 마운드에 서면 아이들이 아주 난리를 쳤다. 그런 그들을 부모들은 말리지 않고 흐뭇하게 바라보곤 했다. 그들도 역시 마음은 같았던 것이다. 체면 때문에 아이들처럼 방방 뛰지는 못했지만 어린 투수에게 마음을 빼앗기기는 마찬가지였다.

─송재진 해설 위원님, 강삼열 투수 정말 대단하지 않습니까?

하도 소리를 질러 목이 쉰 장영필 아나운서가 물었다.

─정말 굉장합니다. 벌써 홈런이 세 개나 됩니다. 타자도 아니고 투수가 이렇게 많은 홈런을 기록한다는 것은 정말 믿을 수가 없는 일입니다. 아, 그러고 보니 필리스는 박찬호 선수와도 관련이 깊은 팀이군요. 박찬호는 2009년 필라델피아 필리스와 계약을 했고 3승 3패 13홀드를 기록했었죠. 그리고 월드 시리즈에도 네 경기에 등판하여 3.1이닝을 무실점으로 막았지만, 우승 반지를 끼지는 못했습니다.

─아, 그렇군요. 박찬호 선수와 필리스의 인연은 저도 생각하지 못했네요.

─텍사스 이후부터는 박찬호 선수에 대한 인식이 부정적으로 돌아섰죠. 텍사스 볼 파크 인 알링턴 구장이 LA다저스만큼 투수에 유리한 구장이 아닌 것도 있었지만 허리 부상과 햄스트링 부상을 입은 것을 숨긴 것이 치명적이었죠. 당시로서

는 엄청난 금액인 5년 6,500만 달러의 계약이 문제가 되었습니다.

─그렇군요, 하하. 말씀드리는 순간, 바뀐 투수를 상대로 스트롱 케인 선수가 깊숙한 외야 안타를 쳤습니다.

목이 아픈지 이제는 차분해진 장영필 아나운서가 멘트를 날렸다. 송재진 해설 위원은 그런 그를 보며 미소를 지었다.

방송 경력은 길지 않지만 열정 하나만큼은 높이 사줄 수 있는 아나운서였다. 그리고 이런 그의 열정적인 방송은 시청자에게도 좋은 영향을 미쳐 시청률도 대박이었다.

─아, 컵스의 공격이 끝나고 공수가 교대하는군요. 그럼 저희는 잠시 후에 돌아오겠습니다.

ON AIR의 불이 꺼지자 송재진 아나운서가 옆에 있던 물을 벌컥벌컥 마셨다.

"아, 선배님. 목이 무척이나 마르네요."

"하하, 그렇게 소리를 질렀으니 목이 마를 수밖에요. 방송을 열정적으로 하는 것도 좋지만, 그러다간 목이 나가요."

"아, 저도 살살 하려고 하는데 그게 잘 안 되더라고요."

장열필의 말에 송재진이 피식 웃었다. 그 순간에 삼열이 마운드로 천천히 걸어가는 것이 눈에 띄었다.


삼열은 마운드에 올라 관중을 바라보며 팔을 벌렸다. 그러자 여기저기서 '파워 업!' 소리가 들려왔다.

필리스의 5회 초 공격으로 4번 타자 쟌피엘 하워드가 나왔다. 그는 타석에 들어서기 전에 배트를 여러 번 휘둘러보고는 타석에 섰다. 그러자 눈 깜빡할 사이에 공이 지나가 미트에 꽂히는 소리가 들려왔다.

"휴~ 저 애송이 정말 굉장하군."

"성질도 굉장해."

하워드의 말에 웃으며 칼스버그 포수가 대답했다.

"그래?"

하워드는 물으면서도 포수를 바라보지는 못했다. 그를 바라보았다가는 사인을 훔쳐본 것으로 퇴장당할 것이 뻔했기 때문이다.

대답이 들려오기도 전에 공이 날아왔다. 하워드는 급히 배트를 휘둘렀지만 공은 배트가 다 돈 다음에 지나갔다.

"쳇."

100마일의 강속구 다음에 느린 체인지업이었다. 구종이 변화무쌍하여 다음에 어떤 공이 들어올지 예상 자체가 안 되었다.

대체로 타자들이 투수가 무엇을 던질지를 예측하는 것은 누상에 주자가 나갔거나 볼카운트가 타자에게 유리할 때, 그리고 그날 투수의 구질 중에서 제구가 안 되는 공이 있을 경우에나 어느 정도 가능해진다.

또한 누상에 주자가 있으면 투수는 아무래도 빠른 공을 선호하게 되고 볼카운트가 불리해진 투수는 그날 가장 제구가 잘되는 공을 결정구로 삼으려고 할 것이다. 제구가 안 되는 투수를 상대로는 예를 들면, 변화구가 안 되는 날은 직구를 노리면 쉽게 안타를 칠 수 있게 된다.

그렇지 않고 삼열처럼 제구가 기가 막히게 되면서도 강력한 공을 가지고 있으면 투수가 실투할 때까지 기다리는 것이 안타 치는 것보다 쉽다. 그러니 투수가 완벽하게 던지는 날에는 타자는 공을 제대로 칠 수 없다.

하워드가 3구 만에 삼진을 당하고 물러나자 관중석에서 유난히 기뻐하는 소녀가 있었다. 창백한 얼굴의 예쁜 소녀의 이름은 마리아나 맥클레인이었다. 그녀의 뒤에는 아빠가 두 손을 맞잡고 좋아하는 딸을 보며 미소를 짓고 있었다. 한없이 따뜻하면서도 슬픈 미소였다.

스티브 맥클레인이 삼열에게 마리아나가 보고 싶어 한다는 편지를 보내자마자 삼열이 비행기 티켓과 입장권을 보내왔다.

예일대를 나와 한때 잘나가던 회사원이었던 스티브는 딸이 아프면서 엎친 데 덮친 격으로 직장까지 잃어버리게 되었다. 지금까지는 저금해 놓은 돈과 실직 수당으로 근근이 버티고 있었지만 이제는 그것도 힘들어졌다.

딸이 삼열을 좋아하기에 이를 마음의 위안으로 삼고 있는 중이었다. 아픈 딸이 마음의 위안을 받고 즐거워하니 그로서는 더할 나위 없이 좋았다.

삼열은 공을 던지고 또 던졌다.

공을 던지는 것 자체가 좋았다. 공을 던지고 관중이 환호하고 즐거워하는 모습을 보니 그의 마음도 점점 더 행복해졌다.

펑.

"스트라이크."

6번 타자 존 메이버리 주니어가 땅볼로 물러나자 삼열은 마운드를 내려왔다.

필리스의 찰리 레이나 감독은 이번 경기를 포기하고 싶은 심정이었다.

작년에 이어 올해도 타선이 엉망이었다. 하워드는 2,500만 달러, 허틀리는 1,500만 달러, 체임버스는 1,100만 달러로 중심 타자 단 세 명에게 들어가는 연봉이 5,100만 달러에 달한다.

하지만 이 셋이 올해 올린 성적이라고는 처참하기 그지없었다. 피터 펜스만이 0.285의 타율로 내셔널 리그 타자 순위 25위에 랭크되어 있을 뿐 30위 안에 드는 필리스의 타자는 아무도 없었다.

찰리 레이나 감독은 나지막하게 한숨을 내쉬었다. 어제 존 해덕스가 너무나 잘 던져 줘서 1승을 먼저 챙긴 것이 그나마 위안이 되었다.

요즘 같으면 코를 막고 물에 뛰어들고 싶을 정도로 팀의 사정이 좋지 않았다. 장기 고액 연봉자가 많다 보니 이들의 성적이 나빠도 마이너리그에 내려보낼 수 없어 팀을 새롭게 정비하는 데 방해가 되곤 했다.

거듭된 영광은 없다는 말을 필리스는 잊어버렸기에 지금 이 고생을 하고 있다.

2008년 월드 시리즈 우승, 2009년 월드 시리즈 준우승의 영광이 이제는 팀을 재기 불능의 상태로 만들어버린 것이다.

고액 연봉자가 팀에 많으면 신인들이 잘해도 연봉을 올려 줄 수 없게 되고, 그렇게 되면 좋은 선수들은 팀을 떠나게 된다.

올해 메이저리그의 평균 연봉은 344만 달러이고 선수들의 연봉은 매년 상승 중이다.

메이저리그 평균 연봉으로 팀을 꾸리면 25명의 로스트를 채우는 데 드는 비용은 8,600만 달러로, 필리스의 경우 팀을 두 개나 만들 수 있는 돈을 쏟아붓고 있는데도 동부 지구 꼴찌를 하고 있다.

찰리 레이나 감독이 내뱉는 깊은 한숨만큼 필리스는 해가 갈수록 점점 늪으로 빠져들고 있었다. 부자 구단 양키스만이 이러한 고액 연봉 선수로 인한 페이롤의 부담감에서 벗어나고 있다.

그리고 양키스는 지금 아메리칸 리그에서 동부 지구 1위를 하고 있고, 필리스보다 단 100만 달러 적은 1억 7천 3백 달러의 레드삭스도 3위를 하고 있다. 필리스만이 꼴찌를 하고 있는 것이다.

1억 5,500만 달러의 로스앤젤레스 에인절스도 서부 지구 2위, 와일드카드 1순위를 기록하고 있다. 필리스의 뻘짓은 야구팬들에게 이미 조롱거리로 변한 지 오래였다.

그는 최저 연봉을 받는 신인 투수에게 속수무책으로 당하는 필리스 타자를 보며 다시 한 번 한숨을 내쉬었다.

'선수들은 다년 계약으로 계약 기간이 보장되지만 이러다가 나는 금방 잘리겠군.'

자신의 연봉이라고 해봐야 메이저리그 선수들의 평균 연봉에도 미치지도 못하지만, 그래도 자신의 주머니가 다른 감독들보다는 넉넉하다는 사실에 위안 아닌 위안을 삼았다.

조토레 감독이 양키스에서 500만 달러의 연봉과 300만 사이닝 보너스를 거절하고, 3년 1,300만 달러를 받기로 하고 다저스의 유니폼을 입었지만 여전히 그는 감독 연봉 1위이다.

카디널스의 토니 라루사 감독이 2년간 850만 달러에 사인했지만 대부분의 메이저리그 감독들은 형편없는 대우를 받고 있다.

이러니 감독의 권위가 선수들에게 서지 않는다. 천만 달러 이상을 받는 선수와 감독이 불화를 일으키면 해고당하는 것은 순식간이다.

메이저리그 연봉 기준으로 언제나 거의 꼴찌를 하는 탬파베이 레이스가 아메리칸 리그에서 우승, 월드 시리즈 준우승, 동부 지구 우승 2회를 거둔 것과는 정반대다. 2008년 필리스가 월드 시리즈 우승을 할 때 올라온 상대팀이 연봉 꼴찌의 탬파베이 레이스였다.

삼열은 한숨을 내쉬는 찰리 레이나 감독을 말없이 바라보다가 관중석에서 환한 미소로 기뻐하는 마리아나 맥클레인에게 눈을 돌렸다.

인생은 알 수 없는 것들의 연속이다. 문득 그런 생각이 들었다. 누군가의 기쁨은 다른 누군가의 한숨이 되는 것이다. 이것이 인생이고 이것이 게임이다.

모두가 즐거울 수는 없지만 이것이 게임이라는 것에 왠지 안심이 되었다. 삼열은 다시 눈을 감았다. 사물은 의식 속에서 명멸해 가고 그는 스스로가 만든 세계 속에서 겸손을 배워가고 있었다.

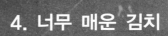

## 4. 너무 매운 김치

5회 말이 득점 없이 끝나자 운동장을 정비하는 클리닝 타임에 삼열은 1루 쪽으로 다가갔다. 그러자 마리아나가 뛰어나왔다.

"삼열 강! 파워 업~!"

"안녕, 마리아나. 잘 지냈어?"

"네. 너무 재미있게 보고 있어요. 전 언제나 파워 업을 하고 있어요."

마리아나가 조금 떨어진 아빠를 훔쳐보더니 작은 소리로 말했다.

"아빠가 행복했으면 좋겠어요. 난 좋은 아이이고 싶은
데……."

"넌 최고의 아이란다. 아빠에게 행복을 주는."

"정말요?"

"그럼. 아빠가 너를 바라볼 때의 그 눈빛과 미소는 행복한
사람만이 지을 수 있는 것이거든."

"아, 다행이다."

마리아나는 얼굴까지 발갛게 붉히고는 안도의 한숨을 내쉬
었다. 아이라고 다 같은 아이가 아니듯, 삼열은 이 작은 머릿
속에 어떤 생각들을 담고 살아갈까 궁금해졌다. 그러고는 생
각했다.

'난 행복한가?'

누군가에게 이렇게 사랑을 받으며 간절한 마음으로 누군가
가 행복해지기를 바랐던 적이 있었던가 생각해 보니 마리아의
얼굴이 떠올랐다.

"파이팅!"

"파워 업!"

자신의 파이팅 소리에 파워 업으로 화답한 마리아나를 뒤
로 하고 삼열은 더그아웃으로 돌아왔다. 자꾸만 눈물이 고였
던 마리아나의 창백한 얼굴이 생각났다.

'널 행복하게 해줄 수만 있다면 반드시 승리할게. 내가 해

줄 수 있는 것은 이런 것뿐이니까.'

삼열은 고개를 들어 하늘을 바라보았다. 하늘은 맑고 날씨는 따뜻했다. 삼열의 가슴도 아빠를 사랑하는 어린 소녀로 인해 따뜻해졌다.

삼열이 공을 던지면 타자들은 전혀 치지 못했다. 행복한 마음으로 던지는 삼열의 공은 그 어떤 강속구보다 강했다.

"승리는 과정이고 결과이지, 목적은 아니다."

이상영이 해주었던 말이 귓가에 맴돌았다. 이번 승리는 끝이 아니고 과정이며 더 큰 승리를 준비해야 한다. 그게 인생이니까. 삼열은 웃으며 공을 던졌다. 공을 던지는 것이 한없이 행복했다.

삼열은 8회까지 퍼펙트게임을 해오고 있었다. 필리스의 타자들도 그 사실을 알아차리고 필사적으로 안타를 치려고 했다. 이제 갓 메이저리그에 데뷔한 애송이 신인 투수에게 퍼펙트게임으로 지고 싶은 선수는 없을 것이기에.

원 아웃에 5번 타자 피터 펜스가 타석에 들어섰다. 그는 이를 악물고 삼열의 공을 치려고 노력했다.

펑.

"스트라이크."

직구를 노리고 있었는데 변화구가 들어와서 배트를 휘두르지 못했다. 미치고 환장할 정도로 답답했다.

'젠장, 퍼펙트게임은 제발 다른 팀에게 하란 말이다.'

그는 자포자기의 심정으로 배트를 휘둘렀다.

딱.

공이 순식간에 외야로 날아갔다. 우익수 빅토르 영이 죽을 힘을 다해 달려갔지만 펜스 바로 앞 파울 선 근처에 떨어지는 바람에 잡을 수가 없었다.

"아아."

"안 돼!"

"오 마이 갓. 퍼펙트게임이 깨졌어."

빅토르 영은 재빨리 공을 잡아 2루수 로버트 메트릭에게 송구하였다. 공이 빨랫줄같이 날아가 로버트의 글러브 안으로 들어갔지만 이미 피터 펜스는 2루에 안전하게 안착한 상태였다.

"말도 안 돼."

로버트도 다리에 힘이 빠졌는지 그 자리에 주저앉았다.

모두 말은 하지 않았지만 5회가 넘어가면서 오늘 경기가 퍼펙트게임으로 가고 있다고 서로 눈치를 줬다. 노히트 노런이나 퍼펙트게임을 투수가 이끌어가고 있을 때는 팀의 어느 누구도 그 사실을 입 밖으로 꺼내지 않는다.

메이저리그는 예상외로 많은 징크스와 미신이 판을 치고 있다.

샤워를 안 하거나 수염을 깎지 않는 것 정도는 애교에 속한다. 심지어 속옷을 한 달 이상 갈아입지 않는 사람이 있는가 하면 데이트나 섹스를 하지 않는 선수도 있다. 매일 같은 옷을 입고 같은 시간에 연습을 하고 같은 시간에 귀가하는 선수도 있다.

"이런 제길."

"아… 삼열 강, 저놈이 괜히 나한테 신경질 내는 건 아니겠지?"

로버트는 자신이 잘못한 것이 하나도 없음에도 왠지 두려움에 사로잡혔다. 그러나 그는 곧 아무렇지도 않게 다시 공을 던지는 삼열을 보고 오른손으로 뺨을 꼬집어 보았다. 아팠다.

'저럴 놈이 아닌데.'


6번 타자와 7번 타자를 삼진으로 잡으며 삼열은 8회를 마무리했다. 삼열에게 감독이 다가와 괜찮으냐고 물었다.

"퍼펙트게임이요?"

"그래. 아쉽지 않나?"

"그까짓 것이 뭐가 아쉬워요. 지는 놈들도 있는데, 이기기만 하면 되지. 퍼펙트게임으로 이기면 두 게임 승리하는 것으로 쳐주는 것도 아니잖아요."

"물론… 그렇긴 하지."

"신경 안 써요."

"그럼 더 던질 수 있겠나?"

"1이닝 남았으니 그냥 던지죠, 뭐. 어차피 시세 마몰이 던져도 세이브가 성립되는 상황도 아니잖아요."

"그렇지."

베일 카르도 감독은 삼열의 오늘 투구 수가 78개밖에 되지 않은 것을 기억하고는 그의 어깨를 두들겨 주고 돌아갔다.


―아, 이거 너무 억울하겠네요. 삼열 강 선수 생애 최초의 퍼펙트게임이 이렇게 또 실패하는군요. 데뷔 무대에서도 허벅지 부상으로 이루지 못하더니, 이번에도 아깝습니다.

에드워드 찰리신 아나운서가 아까운지 거듭 퍼펙트게임의 실패에 대해서 이야기했다. 그러자 옆에 있던 자니 메카인 해설 위원이 웃으며 말했다.

―삼열 강 선수, 피터 펜스가 눈 감고 친 배트에 안타를 맞아서 억울하겠군요.

―앗! 펜스 선수가 눈을 감고 쳤습니까?

―느린 그림으로 한번 돌려 보았는데 확실히 두 눈을 질끈 감고 배트를 휘두르더군요. 그나저나 굉장한 투수인 것은 맞

는 말입니다. 불과 다섯 경기 만에 두 번이나 퍼펙트게임을 달성할 뻔했으니 말이죠.

—그리고 조금 전에 베일 카르도 감독이 위로하고 돌아갔습니다.

—잘하고 있는 겁니다. 표면적으로 삼열 강 선수가 흔들리지 않은 것 같기는 하지만, 아직 어린 신인 선수이니 또 어떻게 될지 모르는 거죠. 감독이 아주 잘하고 있어요. 이렇게 되면 컵스의 올해는 정말 모르겠군요. 작년과는 확연히 달라진 모습을 보여주고 있는데, 삼열 강 선수가 시즌 끝까지 이렇게 선전해 준다면 어떻게 될지 모르겠어요.

—아, 말씀드리는 순간 컵스의 선수들이 아웃되고 말았습니다.

마리아는 삼열이 던진 공이 안타를 맞는 순간 깜짝 놀랐다. 너무나 안타까워 발을 동동 구르는데 정작 TV 화면에 비친 삼열의 모습은 태연해 보였다. 그는 별로 영향을 받지 않았는지 평소처럼 공을 던지고 있었다.

"아, 달링. 너무 아쉬워요. 하지만 어쩌면 더 잘된 일일 수도 있어요."

마리아는 너무 쉽게 얻은 성공에 정신을 못 차린 스포츠 스타들을 적지 않게 보아왔기에 아쉬우면서도 한편으로 차라리 잘되었다는 생각이 들기도 했다.

"아, 멋진 요리를 해야지. 삼열 씨가 좋아하는 것들로."

마리아는 분주하게 요리를 시작했다. 준비를 미리 해놓아서 이제 오븐에 넣고 굽거나 양념을 하면 된다. 식으면 맛이 없어지기에 시간에 맞출 수 있도록 정확히 계산하고 시작한 것이다.

'이렇게 하면 되지?'

마리아는 빨간 고춧가루를 배추에 넣어 비볐다. 그러고는 조금 맛을 보고는 눈물을 찔끔 흘렸다.

"으으, 너무 매워. 핫!"

마리아는 귀에서 연기가 나오는 것 같아 헉헉거렸다. 인터넷에서 레시피를 다운받아 김치를 만들었는데 맛은 둘째 치고 너무 매웠다. 그리고 모양도 너무 이상해서 얼굴을 붉히며 주방을 서성거렸다.

"버릴까, 말까?"

다시 한 바퀴 돌고는 다시 중얼거렸다.

"버릴까, 말까?"

다시 두 바퀴를 돌고는 머리를 잡고 부르짖었다.

"그냥 사올걸. 왜 만든다고 해서 이런 엉터리 음식을 만들었냐고……!"

만약 옆에 삼열이 있었다면 마리아의 이런 행동을 보고 그 귀여움에 더 반했을지도 모른다.

그녀는 사랑의 위대함을 믿고 있었다. 삼열에게 했던 말 그대로 그녀는 꿈을 꾸고 있는지도 몰랐다. 행복하기 위해서는 노력, 존경, 신뢰의 시간을 가지지 않으면 안 된다고. 마리아는 장어를 굽고 김치를 만드는 것이 바로 더 아름다운 사랑을 하기 위한 노력이라고 생각하고 있었다.

삼열은 마지막 9회에 마운드에 올라가 8번 타자 카를로스 베나즈를 외야 뜬공으로 잡았다. 빅토르 영이 아까의 아쉬움을 뒤로 하고 정확하게 공이 낙하하는 지점에 먼저 가서 잡았다.

9번 타자는 대타로 짐 토미가 나왔지만 그 역시 파울 플라이로 아웃되고 말았다. 마지막 아웃 카운트를 하나 남겨놓았을 때 관중석에서 사람들이 하나둘 일어나 삼열의 마지막 공을 바라보았다.

삼열이 천천히 와인드업하고 공을 던졌다.

펑.

"스트라이크."

1번 타자 지미 체임버스를 삼진으로 잡자 관중들은 기립박수를 쳤다. 비록 퍼펙트게임은 이루지 못했지만 충분히 존경받을 만한 피칭을 했다고 생각을 한 것이다.

삼열은 관중을 향해 모자를 벗어 흔들었다. 그러자 박수

소리가 더 커졌다.

'이거, 기회네.'

삼열은 경기가 끝나자 다시 개구쟁이의 표정으로 돌아와 주판알을 튕기기 시작했다. 그는 두 손을 크게 올려 파워 업을 크게 외쳤다. 1루의 관중과 가까운 관계로 많은 사람이 삼열의 외침을 들을 수 있었다.

리글리 필드가 일제히 파워 업을 외치는 소리로 하나가 되었다. 심지어 골수 시카고 팬인 자니 메카인 해설위원조차도 일어나 파워 업을 외쳤다.

─하하. 자니 메카인 씨, 어떻습니까? 파워 업을 외치니 말이죠.

─아, 굉장히 매력적인 구호입니다. 집에 가서 와이프와 함께 밤에 사용해도 좋을 것 같군요. 그러나저러나 삼열 강 선수, 정말 굉장합니다. 오늘 이 어린 선수는 존경받을 만한 피칭을 했습니다. 퍼펙트게임을 하지는 못했지만 흔들리지 않고 이닝을 깔끔하게 마무리한 것은 이미 그가 슈퍼스타로서의 자격을 갖춘 셈이라고 볼 수 있죠. 하하, 레드삭스가 어떤 생각으로 작년에 이런 트레이드를 허락했는지는 모르겠군요. 바보 같은 짓이었지만 컵스의 팬들에게는 행운이에요.

─미안한 말이지만 그들에게는 머리가 없죠. 빨간 양말이니

까요.

—하하, 오해하시면 안 됩니다. 다만 삼열 강 선수의 트레이드만 그렇게 비난하는 것이니까요. 고마워요, 켄 베링턴 단장. 덕분에 시카고 컵스의 팬들은 신이 났습니다, 하하.

—잠시 후 베일 카르도 감독과 오늘의 영웅, 삼열 강 선수와의 인터뷰가 준비되어 있으니 기다려 주시기 바랍니다.

화면이 꺼지면서 지역 방송 광고가 시작되었다. 보통 때보다 더 많은 광고가 나갔다. 그럼에도 시청자들은 채널을 돌리지 않고 인터뷰를 보려고 기다렸다.

원더풀 스카이 방송사로서는 아주 기분 좋은 날이 아닐 수 없었다. 갑자기 밀려드는 광고에 즐거운 비명을 질러댔다.

화면이 다시 켜지고 베일 카르도 감독이 나왔다.

—베일 카르도 감독님, 오늘 승리를 축하합니다.

—네, 고맙습니다.

—어제도 매튜 뉴먼이 훌륭한 투구로 선전을 했었는데 오늘은 엄청난 경기를 했더군요.

—아, 삼열 강 선수의 그레이트한 경기였습니다. 저도 그가 믿을 수 없을 정도의 놀라운 경기를 했다고 생각합니다.

—오늘의 수훈 선수는 물론 퍼펙트게임을 아깝게 놓친 삼열 강 선수이겠지만 전체적으로 어떻습니까?

—오늘따라 삼열 강 선수의 표정이 차분하고 밝았습니다.

그의 어린이 팬들이 기뻐할 것 같아 저도 기쁩니다. 내일 경기도 승리를 했으면 합니다.

—그럼 혹시 삼열 강 선수가 대타로 출전하는 것은 아니겠지요?

—하하, 저 그러면 길을 지나갈 때마다 아이들에게 욕을 먹을 것입니다. 그때는 정말 컵스의 분위기가 좋지 않았거든요. 감독이라고 다 할 수 있는 것은 아니니 팬들께서는 안심하시기를 바랍니다.

—그렇군요. 삼열 강 선수, 오늘의 승리를 축하합니다.

—아, 네. 감사합니다. 마리아나, 보고 있니? 네 덕분에 성공했어. 이제는 건강해야지. 파워 업!

—아, 오늘 아깝게도 퍼펙트게임을 놓쳤는데요, 많이 아쉽겠네요.

—오히려 잘되었습니다. 그런 기록에 얽히다 보면 제대로 경기를 하지 못하고 무리를 하게 되니까요. 전 퍼펙트게임이 아니라 그 이상을 하게 된다고 하더라도 투구 수가 100개를 넘으면 마운드를 내려올 것입니다. 제 야구 스승이셨던 이상영 선생님이 이렇게 말했죠. '승리는 과정이고 결과이지, 목적은 아니다'라고요. 제 야구는 팬들을 행복하게 하는 것이고, 승리는 부수적인 것입니다. 저는 공을 던지는 것이 행복하고, 그것이면 됩니다. 하다 보면 다시 퍼펙트게임을 할 기회가 오겠지

만 안 와도 상관없습니다.

─아, 굉장히 놀라운 말인데요. 이상영? 그분의 생각도 대단하군요.

─네, 제가 야구 선수가 되었을 때 처음으로 공을 던지는 법을 가르쳐 주셨죠.

─만약 다시 감독님이 대타로 내보내면 팀을 위해 나갈 건가요?

─그렇게 하는 것은 미친 짓이죠. 인간의 모든 부위는 소모품입니다. 조금 무리를 하다가 토미존 수술하고 이러는 것보다 아직 싱싱할 때 어깨를 잘 관리하는 것이 좋죠. 그리고 팬들도 이것을 알아야 합니다. 전 컵스에 투수로 온 것이지, 타자로 온 것이 아닙니다. 타자로 쓰고 싶으면 계약서를 다시 써야 하겠죠.

─하하, 재미있는 말이네요.

─재미있는 말이요? 전 심각한 말인데요.

─네?

─아니, 48만 달러 받고 이만큼 하면 제값 다하는 겁니다. 여기서 뭘 더 원하세요? 제가 마크 프라이어로 보여요, 네?

─아… 방송 중에 이러시면 안 됩니다.

─왜 안 돼요? 당연히 안 되는 것을 질문해 놓고는. 감독님도 안 된다고 하셨는데 왜 자꾸 묻는 거죠?

―전 그냥 신기해서… 아, 죄송합니다.

―당연히 죄송하셔야죠. 이참에 제 어린이 팬들과 어른 팬들에게 한 말씀 드립니다. 전 아주 가늘고 길게 야구를 할 생각입니다. 나는 공을 던지는 것이 좋습니다. 제가 던져서 팀이 승리하면 즐겁습니다. 팬들이 기뻐하는 모습을 보면 행복해집니다. 하지만 제발 염소의 저주를 극복하자면서 선수들에게 무리한 강요는 하지 마세요. 그런 엉터리 말로 언제까지 그럴 겁니까? 그 미친 염소 주인이 예수님도 아니고 마호메트도 아니고 부처도 아니었는데, 뭔 짓입니까?

질문을 한 기자는 당황을 했는지 손수건으로 이마에 흐른 땀을 연신 닦아내고 있을 때 삼열의 말은 계속 이어졌다.

―아참, 마크 프라이어, 보고 있나요? 그리고 재활은 잘되고 있어요? 이곳에 오면 제가 근사한 밥을 한번 사겠습니다. 싼값에 부려먹고 모른 척하는 컵스의 관계자들에게 '이거'를 드리려다가 방송 중인 관계로 생략하겠습니다. 이건 다 아이들 때문에 참는 겁니다. 징계를 먹는 거 하나도 두렵지 않아요. 징계 먹으면 애인과 여행이라도 다닐 겁니다.

삼열은 감자를 먹으려다가 멈췄다. 리포터 애슐리 좀스키는 입을 벌리고 한동안 말을 못했다. 방송 사고였는데 그것을 삼열이 몇 가지 퍼포먼스로 메웠다.

애슐리는 삼열의 사고 자체가 보통 사람들과 다른 것을 보고는 혀를 찼다. 악동, 악동 하더니 정말 예상치 못한 말을 방송에 쏟아 부었다.

　—네, 굉장히 독특한 말씀을 하셔서 우리를 즐겁게 해준 삼열 강 선수께 감사드립니다.

　—그렇게 생각하셨다면… 자, 그럼 따라 하세요. 파워 업!

　—네?

　—다 같이 파워 업!

　애슐리는 삼열의 강요에 큰 덩치를 하고 귀엽게 파워 업을 외쳤다.

　거의 175㎝에 이르는 그녀는 늘씬하고 볼륨감이 있어 위압적이지는 않지만 귀엽지도 않았다. 하지만 파워 업을 외치는 모습만큼은 귀여웠다.

　삼열은 방송을 통해 자신의 이미지를 악동으로 심어놓고 있었다. 그래야 나중에 행동하기 편하니까. 어차피 소문도 이미 악동이라고 난 상태였다.

　사람이 갑자기 변하면 죽는다는 말이 있지 않은가. 삼열은 공을 던질 때를 제외하고는 언제나 악동으로 남을 생각이었다. 그래야 나중에 티셔츠를 팔거나 뭐를 하든지 욕을 덜 먹게 된다. 미리 예방 장치를 하나 마련해 놓는 것도 나쁘지 않다.

*          *          *

　마리아는 TV에서 삼열이 자신의 이름을 언급한 것을 듣고
깜짝 놀랐다. 그 소리에 마음이 말할 수 없이 달콤해졌다. 가
만히 있어도 콧노래가 저절로 나왔다.


　삼열이 집으로 돌아왔을 때 마리아는 너무나 행복한 표정
으로 그를 맞았다.

　오늘따라 서비스가 너무 좋아 삼열은 정신을 차리지 못할
것 같았다. 그리고 그 이유는 금방 밝혀졌다.

　"달링, 나 감동했어요."

　"뭘요?"

　"자기가 나를 그렇게 사랑할 줄이야. 방송에서 내 이름을
불러줄 줄은 몰랐어요."

　"엥?"

　"왜요? 달링."

　"……."

　'이거 걸리면 죽음이다.'

　자신은 마리아나를 언급한 것이었는데 마리아가 잘못 듣고
착각을 한 것이다.

　'그래도 그게… 이렇게 좋아하니 자수해서 광명 찾기도 힘

들겠군. 조금 기뻐하게 한 뒤에 천천히 이야기하자.'

삼열은 내심 무심한 척하며 마리아의 입술을 자신의 입으로 막았다. 더 자세한 이야기가 나오면 사실을 밝히기도, 그렇다고 거짓말을 하기도 곤란했다. 마침 마리아도 어제 아파서 인터뷰 내용과 완벽하게 일치하여 이런 오해를 한 것 같았다.

"어머, 아직 난 준비가 안 되었는데."

마리아가 기쁜 표정으로 삼열을 밀었다. 행복한 여자의 미소가 환하게 번지자 삼열은 더 이상 자수할 생각도 하지 못했다.

'그래, 진실이 꼭 행복한 것은 아니지.'

삼열은 생각했다. 그리고 그 순간에 '그건 마리아에게 한 말이었어'라고 자신의 머리에 거듭 세뇌를 하기 시작했다.

마리아가 삼열을 식탁으로 인도하였다. 식탁 위에는 삼열이 좋아하는 음식들이 가득 놓여 있었다.

"와아, 마리아. 완전 감동했어요."

삼열의 말에 마리아는 방긋 웃었다. 그녀는 이런 말을 듣고 싶었다.

무척 뛰어난 머리를 가지고 있는 그녀는 다른 여자들처럼 생존 경쟁에서 치열하게 자신을 내몰지 않아도 능히 최고의 성과를 얻곤 했다. 그것이 모두 인문학 덕분이라는 요상한 말을 했지만, 원래 천재인 삼열의 생각에는 뭐든 상관이 없었다.

그녀가 생각하는 여자의 행복은 사랑하는 남자와 같이 알콩달콩 사는 것으로 생각했다. 자신의 어머니가 했던 것처럼 그녀도 그렇게 하고 싶었다. 행복한 가정을 꾸미는 것.

마침내 그녀는 마음에 드는 남자를 만났고 그의 사랑을 얻었다. 그래서 요즘 그녀는 행복했다.

"달링, 오늘 시합 너무나 멋있었어요. 그 한 개의 안타만 아니었으면 퍼펙트게임이었을 텐데요."

"마리아."

"네, 달링."

"퍼펙트게임은 아무것도 아니에요."

"그게 무슨 소리죠? 이제까지 22명밖에 세우지 못한 대기록인걸요."

"바로 그거예요. 내 앞에 22명이나 했는데 그게 뭐라고 아등바등하면서 매달리겠어요?"

"네?"

"기껏 해봐야 23번째로 퍼펙트게임을 한 선수에 지나지 않잖아요. 그것에 별로 매력을 못 느끼겠어요. 난 데드볼 시대의 사이 영이나 월터 존슨처럼 한 해 20승, 30승을 하는 선수가 되고 싶어요."

"와아, 정말 대단해요. 달링."

삼열은 말을 마치고는 장어를 한 조각 입에 넣으면서 식탁의 모서리에 놓여 있는 이상한 물체를 보았다.

"마리아, 그런데 저건 뭐예요?"

"아, 그건 요리를 하다가 잘못 만든 실패작이에요. 자기는 신경 쓰지 마요."

마리아는 고민하다가 미처 치우지 못한 김치를 보고 기겁했지만 겉으로는 전혀 티를 내지 않았다. 이런 그녀의 표정 관리에 삼열이 속아 넘어갔다.

"난 마리아가 만들어준 것은 뭐든 다 맛있게 먹을 수 있어요."

"정말요?"

"하하, 정말이죠."

삼열이 배를 내밀며 자신만만하게 소리쳤다. 그런 삼열의 태도에 마음이 놓인 마리아는 슬며시 김치를 내밀었다.

"이건 뭐예요?"

"한국 김치예요."

"아, 정말요?"

"……"

마리아도 양심이라는 것이 있어 대답하지는 못했다.

이름은 김치라는데 겉보기에는 전혀 그렇지 않은 요상한 음식을 잠시 쳐다보며 삼열은 망설였지만 자신이 한 말이 있으니 눈 딱 감고 한 조각 집어 먹었다. 순간 눈이 번쩍하고 콧

물이 주르르 흘러내릴 것 같았다.

'대체 뭘 넣었기에 이렇게 맵지?'

"달링, 정말 맛이 없죠?"

"괜찮아요. 먹을 만해요."

"정말요? 와아, 다행이다. 난 버릴까 하다 남겨둔 건데, 만약 버렸으면 큰일 날 뻔했네요."

마리아의 말에 삼열은 속으로 중얼거렸다.

'버리지 그랬어요. 제발 버리지. 이건 김치가 아니야. 김치를 가장한 최루탄이야.'

삼열은 두 눈을 말똥말똥 뜨고 자신을 바라보는 마리아 때문에 차마 맛이 없다는 말은 못하고, 싱거운 음식을 먹은 뒤에 김치를 집어 먹었다. 어차피 뱃속에 들어가서 섞이면 될 거라고 생각했다.

"정말 맛있어요?"

"맛은 있는데, 다른 음식도 마리아가 만든 것이니 편식하지 말고 골고루 먹어야죠. 하하하."

삼열은 억지로 웃으며 가능한 김치를 보지 않으려고 했다.

마리아는 김치를 잘 먹는 삼열이 이해되지 않았다.

그녀는 아주 조그마한 조각 하나만 먹고도 기절하는 줄 알았다. 도저히 매워서 먹을 수가 없어 뱉었음에도 불구하고 눈과 귀에서 불이 났다. 그만큼 매운 음식이었다.

저녁을 먹고 나서 삼열은 김치가 매운 원인을 찾아냈다. 고추가 뭔지를 모르는 마리아가 가게에서 고춧가루를 발견해 그냥 사와 넣은 모양이다.

이름은 나가 졸로키아로, 인도산 고추였다.

매운맛을 측정하는 스코빌 지수 1위는 아니지만 엄청나게 매운 고추였다.

한국의 청양고추보다 무려 80배나 매운 고추다.

삼열도 고추에 대해 잘 몰라 인터넷을 검색해 보고 기겁을 했다.

청양고추도 매운데, 두 배도 아니고 80배나 매운 것으로 김치를 했으니 김치 한 쪽에 코와 귀에서 연기가 나는 것이 당연했다.

"마리아, 마리아!"

"네, 왜요? 자기."

마리아가 다정하게 부르자 삼열은 화를 낼 수가 없었다. 삼열의 태도가 이상하자 마리아는 더 조심스럽게 다가와 삼열의 뺨에 키스했다.

"마리아, 이것 좀 봐요. 마리아가 만든 김치가 매운 이유를 발견했어요."

삼열은 목소리를 낮췄다. 생각보다 감성적인 면이 많은 마리아를 김치 하나 때문에 화나게 하거나 슬프게 만들 생각은 조금도 없었다.

명랑하고 밝고 긍정적인 그녀라도 슬퍼할 줄은 아니까 말이다.

"뭐예요?"

마리아가 고추에 대해 나와 있는 사이트를 보고 스코빌 지수를 살펴보았다. 그리고 청양고추의 SHU를 보더니 '어머나!' 하고 소리를 질렀다.

SHU는 매운맛(Scoville Heat Unit) 지수로 청양고추가 일반 풋고추보다 15배 정도 맵다. 그런데 그런 청양고추보다 80배나 더 매운 고추로 김치를 만들었으니 죽지 않은 게 다행인 것이다.

"어머, 자기. 미안해요. 난 고추가 이렇게 매울 줄은 몰랐어요. 색깔이 예뻐서 달라고 했는데."

마리아는 그제야 그 고춧가루를 사려고 하니 가게 주인이 놀란 이유를 깨달았다.

그녀는 부끄러워 벌게진 얼굴을 들 수가 없었다. 이렇게 매운 김치를 한 조각도 아니고 다섯 조각이나 먹어준 삼열에게 고마움을 느꼈다.

"자기, 그래도 이렇게 매운 걸 어떻게 먹었어요? 난 미국사람이니까 매운 걸 못 먹지만 자기는 한국사람이라 당연히 잘 먹는 건 줄 알았어요."

삼열은 회심의 미소를 지으며 말했다.

"마리아가 만든 것은 뭐든 먹을 수 있어요. 그 김치도 버리지 말고 놔두면 내가 다 먹을게요."

삼열은 말을 하면서 속으로 딴생각을 했다.

'제발 버려줘. 안 버리면 가출할지도 몰라.'

그러나 삼열의 바람과는 달리 마리아가 상큼하게 웃으며 그에게 매달렸다.

"오, 자기. 너무 고마워요. 하나도 버리지 않고 자기를 위해서 놔둘게요. 양이 아주 많아요."

"아, 아니… 마리아, 너무 많으면 곤란한데……."

삼열은 마리아의 키스에 말을 더 잇지 못했다.

"아, 내 사랑. 마이 달링."

마리아가 뺨에 자신의 입술을 비비며 행복한 신음을 터뜨렸다. 물론 그녀는 김치를 하나도 남김없이 버릴 생각이었다. 하지만 당황하는 삼열의 모습을 보니 행복했다.

그래도 그는 자신을 위해 이런 빈말이라도 해주지 않았는가. 아니, 실제로도 그 매운 것을 다섯 번이나 먹지 않았는가.

자신도 아주 조금이지만 먹어봤기에 그 김치가 먹을 만한 것이 아닌지를 잘 알고 있었다.

"자기, 오늘 사랑할 수 있어요?"

"물론이죠. 걱정하지 마요."

"아, 자기 오늘 경기하고 와서 피곤할 텐데. 자고 나서 내일 아침에 해도 돼요. 난 자기가 너무 사랑스러워 참을 수 없을 것 같지만 노력해 볼게요."

"마리아."

"네에."

"나를 믿어줘요."

삼열은 마리아를 침대로 데리고 가서 안고 누웠다. 그리고 약간 피곤한 것 같아 눈을 잠시 감았는데 그대로 잠이 들어버렸다.

그 모습을 보고 마리아가 풋 하고 웃었다. 그래도 그의 품에 안겨 있는 지금이 좋았다.

이 남자가 왜 좋은지 구체적으로 말하라면 할 수 없다. 그냥 좋다. 삼열을 바라보면 마음이 포근해지고 어떤 때는 가슴이 마구 설레기도 하였다. 그리고 그의 깊은 곳에 숨겨진 어둠과 아픔이 가끔 나타날 때마다 애처로운 마음이 들곤 했다.

어쩌면 그에 대한 사랑은 연민으로 시작했는지도 모른다.

해맑은 그의 웃음 속에 담긴, 아픔이 있는 그 미소를 다른 사람은 알아채지 못했지만 그녀는 그를 보자마자 그것을 알아볼 수 있었다. 그래서 그에게 관심이 갔다.

그리고 어느 순간 이 남자의 아픔을 자신이 치료해 주고 싶은 마음이 들었다. 그를 행복하게 해주고 싶었다. 그런데 이 시간 그 누구보다 자신은 행복하지 않은가. 행복은 일방적이지 않은 것이다. 그렇게 생각하며 마리아가 중얼거렸다.

"달링, 내가 더 많이 사랑해 줄게요."

삼열이 병원에서 그녀에게 했던 말이다. 그 말이 얼마나 그녀의 마음을 따뜻하고 벅차게 했는지 모른다.

마리아는 목표를 향해 나아가는 삼열의 '열정'과 '사랑'을 누구보다도 잘 알았다. 그것은 너무나 뚜렷하고 분명해 그의 얼굴을 보고 있기만 해도 자연스레 느껴졌다. 그러니 이런 남자를 사랑하지 않을 수 없다.

다른 사람들의 눈에는 개구쟁이 악동으로 보이겠지만 그녀는 그 속에 담긴 남다른 열정을 읽을 수가 있었다. 아마도 이것이 그녀가 삼열을 사랑하게 된 이유일 것이다.

"그리고 약속할게요. 당신을 행복하게 해주겠다고."

마리아는 다시 삼열의 옆에 누워 잠이 들었다. 그와 사랑을 나누지 않아도 마냥 행복했다.


잠에서 깬 삼열은 자신의 품에 잠들어 있는 마리아를 보고는 한숨을 내쉬었다. 오늘을 이렇게 보내면 안 되는데 그만 먼저 잠이 들고 말았다.

일어나 몸을 움직여보니 개운했다. 그러자 잠들어 있는 마리아의 늘씬하게 뻗은 하얀 다리가 눈에 들어왔다. 가슴의 굴곡이 비치는 옷을 입은 마리아의 모습은 그의 마음을 진탕시켰다.

어제는 마리아가 아파 마음을 졸이다가 시합에 나가 완봉승을 거두었다. 퍼펙트게임이 날아간 것이 솔직히 아쉬웠다. 방송에서는 쿨한 척했지만 속이 쓰렸다. 그것도 아주 많이.

하지만 지나간 일이니 어쩔 도리가 없다. 지난 일에 신경을 쓰는 것만큼 어리석은 일도 없다. 자신의 능력으로는 어쩔 수 없는 일에 스트레스를 받는 일이니 말이다.

남자는 왜 여자의 하얀 허벅지를 보면 참을 수 없는 충동을 느끼는 것일까를 생각하며 삼열은 마리아의 머리를 쓰다듬고 가슴을 어루만졌다.

삼열도 섹스는 많이 해보았지만, 그렇다고 여자 경험이 많다고는 할 수 없다.

"어머, 자기. 안 자요?"

잠에서 깨어난 마리아가 삼열의 품에 매달렸다. 그녀의 입에서 단내가 났다.

"좋아요?"

"네, 아주 많이."

마리아의 부드러운 혀가 삼열의 입속으로 들어왔다. 두 사람은 즐겁게 이야기를 하다가 다시 잠에 빠졌다. 마리아는 삼열을 껴안고 자다가 가끔 잠꼬대했다.

"에잇, 정의의 검을 받아라."

마리아가 중얼거리며 발로 삼열의 배를 걷어찼다. 그러면
삼열은 그 다리를 붙잡고는 다시 코를 골았다.

삼열은 배를 움켜쥐고는 헤픈 웃음을 지었다.


*          *          *


삼열은 일어나자마자 운동을 시작했다. 이제까지는 살기
위해 뛰었지만 앞으로는 행복하기 위해 뛸 생각이다. 이런 생
각을 하자 몸이 이전보다 더 가벼워지고 빨리 뛸 수 있게 되
었다.

이제는 육체의 벽을 깨지 못해도 좋다는 생각을 했다. 그러
자 몸이 점점 더 빨라졌다.

삼열은 뛰면 뛸수록 몸이 가벼워지는 것을 느꼈다. 러닝머
신이 감당하지 못할 정도의 속도로 뛰면서 삼열은 마치 자신
이 세상의 중심에 있는 듯한 느낌을 받았다.

불꽃이 심장에서 흘러나와 온몸으로 돌아다녔다. 몸이 뜨
겁고 시원해지는 느낌이 반복되더니 무아의 상태에서 뛰었다.

마리아는 잠에서 깨어나 가벼운 옷을 입고 어젯밤의 사랑
의 여운을 즐겼다. 이상하게 온몸이 나른하면서도 힘이 넘쳤

다. 사랑받고 있다는 느낌에 온몸이 짜릿짜릿해졌다.

방을 나와 거실로 가보니 삼열이 평소와 달리 너무도 격렬하게 러닝을 하고 있었다. 그녀는 평소 삼열이 어떻게 운동을 하는지를 많이 지켜보아 왔다. 그래서 오늘은 삼열이 뭔가 다르다는 것을 금방 알아챘다.

"달링?"

그녀는 너무나 빨리 달리는 삼열의 모습을 보고 걱정스러운 얼굴로 다가갔지만, 눈을 감고 편안한 표정으로 뛰는 삼열을 보고는 그 자리에 하염없이 앉아 있었다.

삼열은 뭔가 몸에서 번쩍번쩍하는 짜릿한 것을 느꼈다. 그것은 고통스럽지만 시원한 느낌이었다. 무척이나 이질적인 느낌이긴 하였지만, 그렇다고 싫지도 않았다. 아니, 오히려 아주 좋았다. 뭐가 뭔지는 모르지만 몸에서 뭔가 일어나고 있는 것 같았다.

번쩍.

몸속에서 변화의 폭죽이 터지자 삼열은 쓰러질 듯 휘청거렸다. 마리아가 깜짝 놀라 러닝머신을 껐다. 그리고 삼열을 부축하자 그가 눈을 떴다.

"아, 마리아!"

삼열이 마리아를 껴안고 그대로 쓰러지자 마리아도 덩달아 넘어졌다. 마리아는 급히 일어나 삼열의 상태를 살폈다. 눈을 열어 동공의 상태를 체크하고 호흡이 안정적인 것을 알고는 안도의 한숨을 내쉬었다. 삼열의 상태는 말 그대로 잠이 든 것이었다.

"아휴, 깜짝이야. 잠든 거잖아?"

놀란 마리아의 볼멘소리가 거실의 허공 속으로 사라졌다. 마리아는 삼열의 가슴을 두드려 주며 마치 엄마가 아기를 재우는 듯 다정한 표정을 지었다.

거실에는 카펫이 깔려 있어 삼열이 바닥에 누워 있어도 안심이었다. 그녀는 삼열의 옆에 가만히 누워 생각에 잠겼다.

'그런데 왜 삼열 씨가 갑자기 잠에 빠진 거지?'

마리아는 삼열이 얼마나 많은 시간을 러닝머신 위에서 달렸는지 몰랐다. 그리고 얼마나 빠르고 강렬하게 달렸는지도.

삼열은 무아의 상태에서 자신의 에너지를 모두 소비하고는 잠에 빠져든 것이었다. 그리고 그가 자고 있는 사이에도 심장에서 빠져나온 불꽃이 그의 몸을 돌아다니며 그의 몸을 새롭게 재구성하고 있었다.

'아, 어떡하지? 오늘도 회사를 쉬어야 하나?'

잠에 빠진 것이지만 이 상태로 삼열을 혼자 두고 출근하기에는 마음이 놓이지 않았다. 마리아가 이렇게 고민하면서 전화기에 손을 올려놓는데 삼열이 꿈틀거리며 일어났다.

"어머나, 달링!"

"아, 마리아."

"걱정했어요."

"왜요?"

"러닝머신 위에서 쓰러질 뻔했잖아요. 그래서 내가 기계를 껐어요."

"아, 그랬어요? 고마워요. 마리아."

삼열은 살며시 마리아의 얼굴을 어루만지며 자리에서 일어났다. 그리고 마리아의 손을 잡아당겼다. 그러자 그녀가 그의 품에 안겨왔다.

"아, 난 이제 출근 준비를 해야 해요."

"아, 오늘 쉬는 날이 아니었군요. 쉬는 날이었으면 좋았을 텐데."

"풉~ 막상 쉬면 또 일하고 싶어지죠."

"그래요, 맞는 이야기예요."

마리아가 출근하자 삼열은 아이패드를 꺼내 전원을 켰다.

"어라, 뭐지?"

삼열은 자신의 이름이 실려 있는 신문을 보았다. 시카고 트리뷴지를 보고 있는데 연결 단어로 사이트가 눈에 보여 클릭을 했더니 워싱턴 포스트였다.


—퍼펙트게임보다 아름다운 승리. 19세의 삼열 강 투수, 메이

저리그 최고의 투수를 잠재우다.

최고에게는 최상 그 이상의 대우가 필요하다. 메이저리거의 연봉이 높은 것은 그들의 활약이 평범함을 넘어 비범함으로 발전했기 때문이다.

보통 메이저리거가 되려면 루키 시스템을 통해 어릴 때부터 경험을 쌓아야 한다. 경험이 쌓이고 실력이 늘면 싱글, 더블, 그리고 트리플A 리그로 올라가게 된다. 그 끝에는 욕망의 목적지인 메이저리그가 버티고 있다.

메이저리그 최저 연봉은 보통 신인이 받는 무옵션 계약일 때를 말한다. 시카고 컵스의 삼열 강 선수는 지난해에 보스턴 레드삭스에서 트레이드되어 왔다. 당연히 원하지 않은 트레이드였고 그는 혼란스러워했다.

당연하지 않은가! 최고의 팀인 양키스를 거절하고 택한 곳이 보스턴 레드삭스였다. 게다가 레드삭스는 양키스에 비해 계약금이 30만 달러나 적었다. 동양의 작은 나라에서 온 이 친구에게 레드삭스가 무슨 짓을 저질렀는가!

아무런 준비도 없이 간단한 통보만으로 레드삭스는 그를 컵스에 넘겼다.

이 트레이드가 성사될 수 있었던 이유는 컵스의 사장 존스타인이 삼열 강을 강력하게 원했기 때문이었다. 무엇보다 마운드가 붕

괴된 컵스는 당장 쓸 수 있는 투수가 필요했다. 그 선수가 바로 삼열 강이었다.

삼열 강은 메이저리그로 올라오자마자 자신의 실력을 세상에 드러냈다. 데뷔 무대에서 퍼펙트게임을 펼치다가 햄스트링 부상으로 자진 강판을 하고, 어제 필라델피아 필리스의 로이 빌리진을 상대로 퍼펙트게임을 하다가 8회에 피터 펜스에게 통한의 안타를 맞고는 완봉승으로 경기를 마쳤다.

여기서 나는 실패한 퍼펙트게임보다 그의 아름다운 생각에 찬사를 던진다.

그는 자신에게 타자로 나갈 수 있느냐 묻는 애슐리 좀스키에게 그것은 미친 짓이라고 일갈했다. 이유는, 시카고 컵스가 염소의 저주에서 아직도 헤어나지 못하고 있다는 것이다.

과학 문명이 이토록 고도로 발달했음에도 불구하고 68년 전 한 농부의 저주에서 컵스는 헤어 나오지를 못하고 있다. 삼열 강의 말대로 그는 예언자도 선지자도 아니다. 그런데 왜 컵스는 그 저주의 망령에서 벗어나지 못하고 있을까?

정직하게 말하면 그들에게는 단지 월드 시리즈에 진출할 실력이, 그리고 약간의 운이 없었을 뿐이다. 케리 우드와 마크 프라이어를 망친 시카고 컵스에 어떤 위대한 투수가 가려고 할까?

존스타인이 트레이드 시장에서 성공하지 못하는 이유는 그가 유능하지 않아서가 아니라—사실 밤비노의 저주를 깨고 월드 시리즈

2회 우승을 일군 그가 무능하다는 것은 말도 되지 않는다—시카고 컵스가 무능하기 때문이다.

선수들은 우승할 수 있는 팀으로 가기를 원한다. 컵스는 우승할 수 없는 팀이라고 선수들이 생각하는 한, 결코 염소의 저주에서 벗어날 수 없다. 존스타인이 고려해야 할 점은 바로 그것이다.

—조지 마틴, 예일대 객원 교수.


삼열은 기사를 보고 고개를 끄덕였다. 역시 전국 신문이라 그런지 기사 내용이 깊이가 있었다. 무엇보다도 시카고 컵스가 실력이 없어 월드 시리즈에 나가지 못했다는 말에 저절로 고개가 끄덕여졌다.

미카엘이 주고 간 고급 문화에도 주술은 없었다. 주술은 존재하지 않는 것으로, 이적을 행하는 것이다.

예수와 석가가 이적을 행하였다는 것도 종교를 가진 사람이 아니면 믿지 않는다. 그런데 시카고 컵스의 팬들은 광신도란 말인가?

삼열은 일어나 정원을 내려다보았다.

새들이 날아들어 나무 사이에서 지저귀고 있었다. 벌써 몇 달 전부터 보았는데 어디서 날아온 새인지 모르지만 반가웠다.

문득 그는 변한 몸을 시험하고 싶어졌다. 러닝머신은 의미가 없다. 그래서 그는 철봉을 택했다. 매일같이 철봉을 손가락 두 개로 올라갔었는데 지금은 한 개로도 너무나 쉽게 오르락내리락할 수 있었다.

'말도 안 돼.'

삼열은 자신에게 일어난 이 기적 같은 현상을 쉽게 믿을 수 없었다. 지금까지 꾸준하게 손가락 운동을 해와서 손가락 한 개로 올라가는 것이 불가능한 것은 아니었다. 하지만 이렇게 쉽게는 안 되었다.

그의 몸무게는 86kg이 넘는다. 큰 키에 비해 적은 몸무게다. 매일 그렇게 뛰니 살이 붙을 시간이 없다. 그래도 86kg의 몸무게를 이렇게 쉽게 손가락 한 개로 지탱할 수 있다는 것은 믿을 수 없는 일이었다.

물론 연습을 더 하고 몸이 단련된다면 불가능한 것은 아니다. 그렇지만 아직 그렇게까지 그의 몸이 변하기에는 연습량이 턱없이 부족했다.

'슈퍼맨이 된 것인가?'

그럴 리가 없다는 것을 알면서도 삼열의 입가에는 미소가 사라지질 않았다.

미카엘이 주고 간 신성석을 통한 육체의 강화 단계가 성과를 낸 것이다. 아마도 달리는 속도는 더 빨라졌으리라. 안 봐도 비디오다.

"이런 상태인데도 아직 루게릭병이 완치된 게 아닌 걸까?"

고통을 통한 치료라고 미카엘이 말했을 때 평범한 육체보다 더 뛰어난 몸을 가지게 될 거라는 그의 말을 반신반의했다. 하지만 지금 그의 몸은 거의 인간의 끝자락에 가 있는 느낌이었다.

여기서 더 발전한다면 인간의 경지를 벗어날지도 모른다는 느낌이 들 정도다.


삼열은 집을 나와 연습장으로 가니 로버트가 나와 연습을 하고 있다가 그를 보고 반가운 체를 했다.

"하이, 삼열!"

"너 뭐 잘못 먹었냐?"

"나 이제부터 너랑 경쟁 안 하기로 했다."

"…왜?"

삼열은 약간 당황했다. 이러니저러니 해도 그동안 로버트가 있어 연습이 외롭지 않았다.

"가만히 생각해 보니 내 경쟁자는 저 스트롱 케인였어. 나랑 가장 성적이 비슷하잖아."

"하지만 저 녀석은 너보다 재능이 좋아. 나의 도움이 없으면 경쟁이 안 될 텐데."

삼열은 로버트가 끝까지 자신의 경쟁자로 남아 있기를 원했지만 모든 것이 자기의 뜻대로 흘러가지는 않는 법이다.

"저 녀석은 재능만 좋지, 연습량은 나보다 훨씬 적어. 그러니 진정한 경쟁자이지. 하지만 너는 재능도 좋고 연습량도 많아서 나와는 경쟁이 안 돼. 너와 경쟁을 하면 할수록 패배감만 늘어날 거야."

"어? 너 로버트 맞냐? 왜 이렇게 갑자기 똑똑해졌지?"

"뭐야? 하여튼 난 타자야. 더 이상 너와는 경쟁하지 않겠어."

로버트의 선언에 삼열은 인상을 썼지만 본인이 안 한다는데 어쩌겠는가. 삼열은 입맛만 다셨다.

오전 연습을 마치고 점심을 먹은 뒤 리글리 필드로 갔다. 물론 그의 옆에는 로버트가 다정한 얼굴로 하고서 따라 왔다.

징그럽다고 저리 가라고 아무리 떠밀어도 친하게 지내자며 곁에서 떨어지지를 않았다.

훈련장에서 나와 리글리 필드로 와서 다른 선수와 함께 몸을 푸는데 자신을 바라보는 감독의 눈초리가 심상치 않았다.

"감독이 은근히 꼬나보네."

옆에 있던 라이언 호크가 피식 웃으며 말했다.

"네가 인터뷰에서 아주 발광을 했잖아. 구단으로부터 한 소리 들었나 보더라."

"나 참, 별걸 가지고 그러네. 마음에 안 들면 트레이드시키라고 그래요. 내가 원해서 왔나? 지들끼리 쑥덕여서 이곳으로 나를 넘겼으면서. 그리고 가능하면 양키스로 해달라고 해야겠네요. 거기는 최소한 트레이드 비용으로 500만 달러는 지불하려고 할 테니까."

"하하. 졌다, 졌어!"

라이언 호크는 말로는 이 어린 친구를 이길 수 없음을 깨달았다. 사실 그의 가치는 만약 신인이 아니라는 전제하에 최소 1천만 달러 이상일 것이다.

아직 연봉 협상을 할 수 없는 시세 마돌도 사이닝 보너스로 750만 달러를 받는다. 올해 컵스 구단이 삼열에게 48만 달러만을 지불하는 것으로 봐서는 그가 거의 무료 봉사 수준으로 시합에 임하고 있는 것은 사실이었다. 그러니 삼열이 아무리 깽판을 쳐도 컵스가 말을 못 하는 것이다.

작년과 올해는 유난히 투수가 부족했다.

정상급 투수들은 부르는 게 값이다. 어린 데다 100마일의 강속구를 가지고 있고, 게다가 제구력까지 갖추었으니 만약 삼열이 FA 자격을 취득하면 최고의 대우를 받을 것은 확실했다. 라이언 호크는 피식 웃으며 삼열을 바라보았다.

나른한 오후의 햇살 아래에서 삼열은 긴장을 한 채 공을 던지며 구위를 점검하고 있는 랜디 팍스를 지켜보았다.

"저 새끼는 다 좋은데 간이 콩알만 해서 결정적인 순간에 결정구가 흔들린단 말이야."

랜디 팍스가 옆에서 중얼거리는 삼열의 말을 듣고 노려보았다.

"아, 미안. 네 공은 천하무적인데 간이 좀 작다는 말로 이해해라."

"그게 그 말이잖아!"

"그런가? 뭐, 사실 천하무적까지는 아니었는데 내가 너 엄청 띄워준 거다."

"픽이나 고맙다."

랜디 팍스는 퉁명스럽게 말했지만 삼열이 자신의 공이 좋다고 말해서 기분이 그다지 나쁘지는 않았다.

다른 사람이 그랬다면 기분이 나빴을 수도 있었을 텐데 악동이 그런 말을 하니, 저 녀석도 내 공을 인정해 주는구나 싶어 은근히 기분이 좋아지기까지 하였다.

사실 메이저리그에 성질 더러운 놈이 어디 한두 놈이겠는가.

승부욕과 재능, 노력. 그 어느 하나라도 부족하면 메이저리그에서 버틸 수 없다. 하지만 그렇다고 하더라도 인터뷰에서 삼열처럼 그런 말을 쉽게 하지는 못한다.

오늘도 저 녀석이 싸놓은 똥 때문에 감독은 구단 관계자에게 한 소리 들어 마냥 얼굴을 찌푸리고 있지만 대놓고 뭐라 말도 못하고 있다. 뭐라고 그러면 다음 인터뷰에서 또 까발릴 것이 분명하니까 화가 나도 참는 것이다.

그렇다고 실력이라도 부족하면 마이너리그로 내려보내겠지만 메이저리그 전체를 통틀어도 그보다 실력이 좋다고 할 수 있는 선수는 손에 꼽았다.

어제는 다름 아닌 로이 빌리진과 붙어서 이기지 않았는가. 메이저리그에서 192승 97패를 기록하고 있는, 바로 그 로이 빌리진 말이다.

승수도 승수지만 이닝 이터로 엄청난 공을 뿌려대는 그를 친히 홈런을 때려 날려 버렸다.

한마디로 괴물이다.

삼열은 지금까지 36이닝을 던졌지만 실점은 단 2점, 방어율은 0.5로 역시 메이저리그 방어율 1위이며 다승 2위였다.

"헤이, 랜디. 마인드 컨트롤!"

"뭐, 뭐?"

"나는 최고다, 누구도 칠 수 없다, 이렇게 네 머리를 세뇌하라고."

"아, 알았어."

1승 3패의 랜디 팍스는 방어율은 의외로 나쁘지 않다. 3.65로 3점대를 유지하고 있었고, 이 정도면 어느 팀을 가든 나쁘지 않은 자책점이었다.

문제는 꼭 결정적인 순간에 점수를 내주는 고질병에 있었다. 삼열은 그것을 심리적인 것으로 보았다.

랜디 팍스는 스티브 칼스버그와 공을 주고받으며 삼열이 말한 대로 중얼거렸다.

"나는 최고다. 누구도 내 공을 칠 수 없다."

오늘은 이렇게 오글거리는 말이 잘도 나왔다. 저 괴물도 내 공을 인정해 주지 않았는가 하는 생각을 하자 자신감이 마구 생겼다. 친하게 지내고 싶지 않은 악종이지만, 그래도 실력은 메이저리그에서 최고 아닌가.

삼열은 하품하며 나른한 오후를 즐겼다. 오늘도 낮 경기다. 일요일이라 관중들을 배려해 매회가 끝나면 간단한 이벤트들이 있다.

＊        ＊        ＊

마리아는 삼열에게 온 문자를 보고 미소를 지었다.

"마리아, 무슨 좋은 일 있어요?"

"아니에요."

마리아는 제니퍼의 말에 웃으며 대답했다. 어제 아파서 출근하지 못한 관계로 일이 많이 밀려 있다. 그런데 지금은 밀린

일을 하는 것도 즐거웠다.

일에 관해서는 완벽주의자이기도 한 그녀는 삼열이 원정에서 돌아오는 날과 일정을 맞추려고 상당한 무리를 했다.

그녀는 사랑과 일 사이에서 고민한 적이 있었다. 하지만 그녀는 너무나 당연히 사랑을 선택했다. 일은 언제든지 할 수 있지만 사랑은 그렇지 않으니까.

"풋~!"

아무리 생각해도 귀여운 삼열의 모습이 생각나 웃음이 절로 났다.

마리아는 매주 간단한 테스트를 통해 선수들의 심리 상태를 체크하는 프로그램을 만들고 있었다.

구단이 정신과 의사나 상담 심리학자를 고용하여 해당 선수와 연결시켜 주기는 하지만, 선수의 문제가 육안으로 보일 때는 이미 너무 늦은 상태가 대부분이다.

해당 선수의 심리 상태가 많이 삐뚤어지고 왜곡된 상태에서 전문가를 만나다 보니 치료에 많은 시간이 걸리기도 한다. 그리고 팀의 주요 선수가 아니면 무시되는 점도 문제였다.

하지만 팀은 유능한 한두 사람으로 운영이 되는 것이 아니다. 마리아의 주장은 사소한 선수라도 25인 로스트에 들면 모두 동일한 관리를 받아야 한다는 것이었다. 팀에서 소외되는 선수가 많으면 아무리 스타가 잘해도 선두권을 유지할 수 없는 법이니 말이다.

매주 선수들에게 간단한 질문을 던져 선수들의 개인 심리 상태를 파악하는 것은 쉬운 일이 아니다. 그러기에 한 개의 질문을 만들 때도 많은 시간이 걸리곤 한다.

하지만 이 일은 꼭 필요한 작업이고 존스타인이 원하는 팀 운영 방식과도 맞아떨어졌다. 그래서 그녀가 많은 연봉을 받으며 컵스로 올 수 있었던 것이다.

선수들의 기존 심리를 파악하는 작업이 먼저 필요하고, 그에 따른 심리적인 변화를 그래프와 자료를 수식화해서 만드는 것은 결코 쉬운 일이 아니다.

일단 선수 개개인에 대한 방대한 자료가 필요했다. 그리고 각 질문지마다 선수의 심리를 파악할 수 있는 키워드를 심어 놓는 것도 문제였다. 이 때문에 마리아는 한동안 스트레스를 심하게 받았다. 하지만 요즘은 어느 정도 일에 진척이 보이고 있어 조금은 마음이 놓였다.

마리아는 조금 전에 받은 삼열의 문자 때문에 행복했다. 그리고 자신이 하는 일도 마음에 들어서 요즘 기분이 아주 좋았다. 특히나 자신이 아팠을 때 삼열이 밤을 새워 간호해 준 뒤로 그에 대한 강한 믿음이 생겼다.

지이잉.

핸드폰이 울리자마자 마리아는 전화를 받았다.

─여보세요. 샘슨 사의 조지 마이어 변호사입니다. 그동안 잘 지내셨습니까?

"아, 네. 어쩐 일이세요?"

─저번에 만난 그 대행사에서 디자인을 완성했다는 연락이 왔습니다. 이번에는 이메일로 보내왔는데 마리아 멜로라인 양에게 보내 드리겠습니다.

"네, 그렇게 해주세요."

─오케이가 떨어지면 한정판으로 티셔츠를 만들 것입니다. 그리고 이번 디자인은 기대하셔도 괜찮을 것입니다. 제 딸과 아들 녀석에게 보여주니 아주 좋아하더군요, 하하.

"어머, 그렇다면 정말 기대되네요."

─그럼 일단 보내고 다시 연락을 드리겠습니다. 아참, 삼열 강에게 광고 제안이 몇 군데 들어오는데 어떻게 할까요? 조건은 나쁘지 않지만 시즌 중이라서 저희도 결정하기가 힘들군요. 삼열 강 선수에게 의견을 물어봐 주실 수 있습니까?

"네, 그렇게 할게요. 아마 삼열 씨는 하려고 할 거예요."

─네?

"어쨌든 물어볼게요."

마리아는 은근히 돈 욕심이 많은 삼열이 분명 광고를 찍으려고 할 것으로 생각했다.

그녀는 조지 마이어가 삼열에게 직접 연락을 안 하고 자신에게 연락해서 기분이 좋았다. 이제 사랑하는 사람의 일상 속에서 그의 일을 나눠서 하는 것 같아 마음이 따뜻해졌다.

$$* \qquad * \qquad *$$

경기가 시작되자 삼열은 필리스의 타자들을 분석하는 기록지를 적고 있었다. 어차피 그는 선수 개개인에 대한 데이터를 작성해야 했다. 하지만 지금은 팀의 투수를 위해 적고 있는 것이었다.

이렇게 상대 타자의 타격 상태를 적으면 다음에 투수가 공을 던지는 데 매우 편해진다.

어떤 타자가 어떤 공에 스트라이크를 당했는지, 어떤 공에 안타를 쳤는지를 알면 타자를 상대하기가 그만큼 편해진다. 야구를 일컬어 기록의 스포츠라는 것이 이래서다.

랜디 팍스는 오늘 무실점으로 투구하고 있었다. 필리스의 타자들은 어제 삼열에게 완봉패를 당해 복수를 다짐했지만 한 번 흐트러진 팀의 분위기는 추스르기가 쉽지 않았다.

어제는 퍼펙트게임을 당하지 않은 것만 해도 감지덕지할 정도로 타격이 엉망이었다. 그 틈을 랜디 팍스가 교묘하게 파고들어 필리스의 타자들을 요리하고 있었다.

"그레이트, 오늘 랜디가 엄청 잘 던지네."

"그러네요. 스티브 칼스버그가 리드를 잘한 것이겠죠."

"그렇다고 하더라도 던지는 것은 랜디야."

"그렇군."

"헤이, 삼열. 오늘 랜디가 퍼펙트게임 하는 것 아니야?"

"신경 안 써요."

삼열은 연습 시간에 랜디 팍스에게 충고까지 해줘 놓고 정작 그가 공을 잘 던지자 깎아내리기에 앞장섰다. 그러면서도 눈을 열심히 놀려 상대 타자를 면밀하게 관찰했다.

3회까지 2 : 0으로 앞서가자 랜디 팍스는 얼굴이 환해지며 삼열이 적은 클립보드를 보았다.

"헤이, 삼열. 말로 설명을 해줘야지."

"야, 넌 까막눈이냐? 그렇게 자세히 기록해 놨으면 네가 알아서 찾아 먹어야지."

"아, 그러면 알아보기 쉽게 적어 놓기라도 해야지. 이게 뭐야?"

"너 정말 글자를 모르는 거 아냐?"

"으하하하. 졌다, 졌어."

결국 랜디 팍스는 삼열에게 물어서 타자들의 특징을 숙지했다. 알아보기 힘든 점을 빼고는 정말 자세하고 날카로운 관찰이었다.

'음하하하, 이것만 있으면 너희는 죽음이다.'

랜디 팍스도 삼열에게 전염이 되었는지 음흉한 웃음을 지었다. 그는 4회부터 이전 이닝보다 더 쉽게 타자들을 상대하기 시작했다. 타순이 한 번 돌면 타자가 유리해야 하는데 완전히 정반대였다.

4회를 마치고 들어온 랜디 팍스가 삼열을 껴안고 좋아하다가 그의 이마에 입을 맞추었다.

"너 뭐야? 이거 성추행이냐?"

"하하, 이건 고마움의 표시야."

랜디 팍스가 도망가면서 삼열에게 말했다. 이 모습이 그대로 카메라에 잡히자 원더풀 스카이의 에드워드 찰리신 아나운서가 놀리면서 말했다.

—하하. 삼열 강 선수, 남자 선수들에게 인기가 있는 모양인데요. 설마 그런 사이는 아니겠지요.

—그럴 리가요. 아마도 랜디 팍스에게 삼열 강 선수가 뭔가 조언을 해준 것 같더군요. 카메라에는 잡히지 않았지만 컵스가 공격할 때 랜디 팍스 선수가 삼열 강에게 뭔가를 한참이나 물었거든요. 그때 삼열 강 선수가 귀중한 정보를 제공한 것 같습니다. 그 증거로 4회 초에 랜디 팍스 선수가 필리스 타자들을 굉장히 쉽게 막아내지 않았습니까?

—아, 그러고 보니 그렇군요.

이날 경기는 랜디 팍스가 7이닝 1실점으로 호투를 하고 물러났다. 계투진이 나와 필리스의 타자들을 효과적으로 상대하여 3 : 1로 이겼다. 마무리로 시세 마몰이 나와 1이닝을 막아내며 세이브를 기록했다.

시카고 컵스는 드디어 15승 10패로 중부 지구 단독 2위가 되었다.

1위는 피츠버그 파이어리츠, 2위는 시카고 컵스, 3위는 신시내티 레즈였다. 1위와 2위, 그리고 3위가 각각 1게임 차밖에 나지 않아 한두 경기만 잘해도 선두가 뒤집힐 정도로 박빙의 상황이 중부 지구에서 전개되었다.

시카고 컵스는 지난해에 지구 꼴찌를 했다. 전문가들은 컵스가 올해도 당연히 꼴찌를 할 것이라고 전망을 했으나 막상 뚜껑이 열리자 전혀 의외의 결과가 나왔다. 또한 피츠버그 파이어리츠가 1위를 한 것도 의외였다.

물방망이 타력에도 불구하고 A.J. 버넷과 에릭 베다드, 그리고 마무리 조엘 한라한의 호투로 1위를 하고 있었고 신시내티 레즈는 강력한 중심 타자들이 제 몫을 해주자 팀이 살아나고 있었다.

반면 시카고 컵스는 타자와 투수가 모두 안정적인 모습을 보였다. 이는 모두 스토브 리그 훈련장에서 땀을 흘린 선수들이 선전하고 있었기 때문이었다.

경기가 끝나자 컵스의 팬들은 환호하며 거리로 몰려나갔다. 매년 컵스는 뚜렷한 성적을 내지 못했음에도 팬들의 사랑은 한결같았다.

이런 과분한 팬들의 사랑이 오히려 그동안 컵스의 선수들을 조급하게 만들었는지도 모른다. 물론 양키스나 레드삭스만큼의 인기는 아니지만 성적에 비해 컵스의 팬들은 언제나 관대한 모습을 보여주며 컵스의 승리를 기원했다.

*     *     *

삼열이 경기를 끝내고 집으로 돌아가자 마리아가 이미 집에 와 있었다.

"마리아!"

"네, 달링."

밝고 환한 마리아의 표정에 삼열은 두 팔을 벌려 안으려 했다. 하지만 마리아는 살짝 뒤로 물러났다.

'어라?'

삼열은 마리아의 얼굴을 바라보자 그녀가 웃음을 터뜨렸다.

"호호, 어서 와요. 달링."

삼열은 마리아의 행동에 의아했다. 한결같은 마리아가 의외의 행동을 했기 때문이다.

"먼저 샤워해요."

마리아의 말에 삼열이 투덜거리며 샤워하러 들어갔다.

'가방이라도 하나 사줘야 하나?'

생각해보니 그동안 마리아에게 받기만 하고 선물한 것이 없었다. 삼열은 손가락에 걸려 있는 반지를 바라보았다. 이것 역시 마리아가 선물한 것이다.

삼열은 샤워하고 나와서 요리하고 있는 마리아를 향해 입을 열었다.

"마리아, 가방을 하나 사줄까 하는데 혹시 원하는 모델 혹시 있어요?"

"가방요? 가방은 갑자기 왜요? 지금 있는 가방도 많아요, 자기. 안 그래도 돼요."

"엉? 진짜 안 사줘도 돼요?"

"내가 쓸 물건은 내가 사야죠. 왜 자기가 사줘요?"

"…그래요?"

"호호, 물론이죠. 미국 여자들도 가방을 좋아하기는 해요. 일부 연예인이 에르메스 버킨백이나, 샤넬, 루이뷔통을 좋아하기는 하지만 난 중저가인 코치를 더 선호해요. 가방은 보기 예쁘고 들고 다니기 좋으면 되는 거 아니에요?"

"음, 그렇군요."

코치 백은 중저가의 제품으로, 연소득이 10만 달러 정도의 여자들이 선호하는 브랜드다. 명품백 중에서 싸다는 것이지, 동네표 가방은 아니다.

"달링, 저녁 먹어요."

"어, 마리아."

삼열은 행복했다. 마리아의 요리는 정말 맛이 있다. 저녁을 먹으며 마리아가 말했다.

"달링, 티셔츠 디자인이 다 되었다고 연락이 왔어요. 이메일로 와서 봤는데 예쁘고 귀여워요. 아이들이 좋아할 것 같아요."

"정말요? 음하하하, 이제부터 그럼 돈을 쓸어 담는 일만 남았군."

"그리고 광고 제의가 몇 군데 들어왔나 봐요."

"어, 정말요? 와, 대단한데요."

"어떻게 할 거예요?"

"당연히 찍어야죠. 돈을 준다는데 왜 거절해요. 그러나 연습이나 시합에 지장이 가면 안 된다는 조건으로 해요."

"호호."

"왜 웃어요?"

"그렇게 대답할 줄 알았어요."

"아, 역시 내 마누라는 똑똑해."

"마누라요?"

"아, 한국말인데 와이프라는 뜻이에요."

삼열의 말에 마리아가 포크를 떨어뜨리고 삼열에게 달려와 안겼다.

"아, 달링. 행복해요."

"이거 너무 좋은데."

삼열은 마리아의 말에 미소를 지었다.

# 5. 다시 나타난 미카엘

마리아가 출근하고 삼열은 집에서 운동하기 시작했다.

러닝, 어깨 운동, 손가락 운동, 유연성 운동을 마친 후에 샤워하고 짐을 챙겨 연습장으로 가려고 했다.

그때였다. 공간이 일그러지며 환한 섬광이 거실에 가득 퍼졌다.

삼열은 깜짝 놀라 멍하게 바라보았다.

"흠, 이제 이곳으로 왔군."

"헉! 미카엘?! 어떻게 여기에⋯⋯."

"반갑군, 소년. 이제 청년이 된 것인가?"

"반가워, 미카엘."

"너의 짝짓기는 성공했나 보군. 그런데 너의 암컷은?"

미카엘의 말에 말없이 삼열은 고개를 끄덕였다. 삼열의 눈에는 행복한 오늘의 현실과 과거의 아픈 추억이 정교하게 얽혀 있었다.

"이제 급한 일도 없어졌으니 잠시 이곳에 있겠다."

"아, 그렇게 해."

"그래도 너의 짝짓기에는 방해가 되지 않도록 노력하지."

"응. 고, 고마워."

"뭘. 아참, 내가 급히 떠나느라 신성석에 대한 설명을 다 하지 못하고 떠났었지?"

"그랬지. 그런데 여기에 있는 건 어떻게 알았어?"

"뭐, 방법은 많지. 그것도 있잖아. 나타나라."

미카엘이 외치자 삼열의 손바닥에서 작은 요정 모양의 수신기가 나타났다.

팅커벨처럼 작은 날개를 파닥거리는 그것은 예전과 달리 색이 선연해져 무척이나 귀엽고 예뻤다.

"아, 팅커벨."

"팅커벨?"

"작은 요정이라는 뜻이야."

"네가 우리 종족이었다면 이놈은 거대한 드래곤만 한 전투

병기가 되었을 것이다."

"뭐?"

"하급 문화의 너는 이해할 수 없겠지. 왜 신성석이 종족의 율법에 얽매이는 것인지. 하지만 너는 신성석을 가졌어도 소유할 수 없다. 그러므로 나는 다시 너에게서 신성석을 회수하겠다."

"줬다가 뺏는 게 어디 있어?"

"하하하, 이제야 너답구나! 하지만 걱정하지 마라. 네가 사용할 수 없는 힘만 회수할 터이니. 네가 각성 전이라 그것도 가능한 것이다. 만약 네가 각성을 했다면… 아, 각성했다는 말은 신성석의 능력에 눈을 떴다는 것을 의미하는 것이다. 그랬다면 너는 인간이 아닌 육체와 정신을 소유하게 되겠지."

"그게 뭐가 문제지? 좋은 거잖아."

"하지만 그것은 인간에게 축복은 아니다. 왜냐하면 인간이되 인간이 아닌 존재가 되어 버리니까. 그렇다고 우리 종족으로 편입될 수도 없으니 너는 영원히 홀로 된 자가 될 수도 있지. 그래서 너에게서 신성석을 회수하려는 것이다. 아, 그리고 네가 각성해 네 몸에서 우리 종족의 냄새가 나기 시작하면 골치 아픈 일이 벌어져. 무슨 말인지 알겠지?"

"아, 혹시 그 검은 옷을 입은 자들이 찾아오나?"

"그렇다. 그래서 급히 온 것이다. 하지만 네가 늙어 죽을 때까지 사용할 수 있는 신성력은 남겨놓으마."

삼열은 미카엘의 말에 안도의 한숨을 쉬며 고마운 마음을 전했다.

"미카엘, 고마워."

"넌 내게 생명의 은혜를 베풀었다. 그것에 비하면 이것은 지극히 작은 것. 종족의 율법에 따라 행한 일이니 신경을 쓰지 않아도 된다. 자, 그럼 준비해라."

"…뭘?"

삼열이 눈을 말똥말똥 뜨고 있으니 미카엘이 그의 몸에 손을 대고 주문을 외웠다. 그러자 찬란한 빛의 입자가 그의 손을 통해 몸으로 빨려 들어가기 시작했다. 삼열은 보고서도 믿을 수 없었다.

이렇게 많은 빛의 덩어리를 자신이 품고 있었을 줄은 전혀 몰랐던 것이다.

"아……."

몸에 있는 모든 힘이 빠져나간 듯한 느낌이었다. 손가락 하나 까딱할 수가 없었다. 삼열이 의아한 표정으로 미카엘을 바라보자 그가 웃으며 말했다.

"잠시 그렇게 있어라."

미카엘이 손을 들어 삼열을 가리키자 그의 몸이 공중으로 떠올랐다가 소파에 내려졌다.

삼열은 자신이 겪으면서도 이 신기한 현상을 이해하기도, 믿기도 힘들었다.

"자, 그럼 편하게 들어라. 난 네가 죽을 때까지 신성석의 각성을 끌어내지 못할 줄 알았다. 만약 그랬다면 나는 네가 죽은 다음에 네 몸에서 신성석을 분리했을 것이다. 영원한 생명에 준하는 시간을 영위하는 내게 있어 네 인생이란 찰나와 같은 것이니까 못할 것도 없었지. 하지만 네가 각성을 하려고 하자 나는 다급해졌다. 신성석이 네 소유가 되면 다시는 회수하지 못하게 되니까. 그뿐만 아니라 네게는 무수한 적이 생기겠지."

"······?"

"너는 중간자, 중간 세계의 존재다. 누구든 너를 죽여 신성석의 에너지를 섭취할 수 있게 되는 것이다."

"아······."

"네가 평범한 생활을 원하는 것 같아 이 방법을 택했다. 하지만 이렇게 하면 네게 남겨둔 신성석의 나머지는 손실되고 말지. 이제 넌 절대로 각성할 수 없을 것이다. 이제 알겠나, 소년?"

삼열은 말없이 고개를 끄덕였다.

미카엘이 베풀어준 친절로 인해 루게릭병을 극복할 수 있게 되고 또 메이저리거가 되기도 했으니 그가 말하는 것이 무조

건 옳다.

미카엘은 뚜벅뚜벅 거실을 걸으며 잠시 생각에 잠겼다. 그는 이렇게 된 이유를 알 수 없었다. 그는 창밖을 한참 바라다보다가 삼열에게로 돌아섰다.

"네게 무슨 일이 일어났는지 스캔을 해보겠다. 네 몸에는 이상이 없으니 허락하라."

"해."

몸에 이상이 생기는 것도 아니고 돈이 드는 것도 아니니 삼열은 쉽게 허락했다.

미카엘이 손짓하자 빛의 입자가 삼열의 몸을 통과하고 지나갔다. 그러자 삼열과 똑같은 홀로그램이 나타나 미카엘이 원하는 그림을 보여주기 시작했다.

심장의 불이 온몸에 퍼져 있었고 가슴의 하얀 빛 덩어리가 야구공 크기로 보였다.

"하, 굉장한데. 인간이란 모를 존재군. 이렇게 짧은 시간에 이런 진보를 이루다니. 쉽게 말해 넌 인간이 100년에 걸쳐 이룰 진전을 불과 2년 만에 이루었다. 천재라더니 무식하기 그지없군."

삼열은 미카엘의 말에 욱하는 마음이 들었지만 이제는 예전처럼 함부로 그를 대할 수가 없었다.

예전에야 몰라서 그랬지만 이제는 아무리 그라도 뭐가 똥

인지 된장인지는 안다.

"하지만 너의 인내심과 열정에는 존경을 표한다. 네 짝짓기 상대 암컷을 아주 많이 좋아하는가 보군."

"그런 것도 나와?"

"아니, 네가 행복해 보여서 짐작해 본 것이다. 아, 물론 네 머리를 스캔해 보면 네가 그 암컷과 짝짓기를 몇 번 했는지도 알 수 있게 되지. 한번 해볼까?"

"절대로 안 돼."

"하하, 영원에 준하는 시간을 사는 존재들은 늘 외롭고 고독하지. 스스로 자멸하고 싶지만 그 역시 허락되지 않았으니 서로 비슷한 세력을 가진 종족끼리 이유 없는 전쟁을 벌인다. 그런데 이 미개한 문명의 세계는 무척이나 재미있을 것 같군."

"뭐가 재미있을 것 같아?"

"후후, 네가 있어서다. 인연의 끈으로 연결된 네가 엉뚱한 놈이라 그런 것이지. 하~ 인간의 몸으로 신성석의 능력을 깨우려고 하다니. 만약 네게 위험이 찾아오지 않는다면, 어쩌면 나는 그것을 너에게 허락했을지도 모른다. 네 말대로 줬다가 뺏는 꼴이 돼버리니까. 하지만 신도 아니면서 오래 사는 것은 인간에게 절대로 축복이 아니다. 어쩌면 신이 우리 종족에게 이런 영원에 가까운 생명을 준 것도 너무 심심해서일 거야. 옛

다, 네놈들도 한번 당해봐라, 이러면서 말이지. 그러니 소년이여, 네 인생을 즐겨라."

"엄청 멋진 말인데?"

"후후, 조금 변했군. 그렇지, 이제 병이 어느 정도 극복되었을 터이니. 하지만 유감스럽게도 네 몸의 진화는 완전히 끝난 것이 아니라서 병을 치유해 주지는 못하겠다. 더 고생해 봐라. 뭐가 될지 나도 궁금하다."

"쳇, 이제 이 정도 신체 능력으로 만족하니 병이나 완벽하게 고쳐 줘."

"내가 왜?"

"할 수 있잖아."

"물론 할 수 있지. 하지만 너는 애초에 이것을 선택하지 않았는가? 완치와 육체의 진보 사이에서 네가 택한 것은 진보였다. 그러니 더 고생하거라. 하하하!"

미카엘은 유쾌한 듯 허리까지 뒤로 젖히며 웃었다. 그의 웃음소리가 거실을 울리고 창문을 통해 정원으로 퍼져 나갔다. 그러자 새들이 놀라 하늘로 날아가 버렸다.

*　　　*　　　*

삼열은 거실의 소파에서 그대로 잠에 빠져들었다. 힘이 하나도 없어 버티기도 힘들었던 것이다. 저녁이 되어 마리아가 집으로 돌아왔다.

딸깍.

마리아는 신이 나 집으로 돌아와 자신의 방에서 옷을 갈아 입고 주방으로 가서 저녁 준비를 하려고 했다.

그런데 낯선 사람이 거실에 있는 것을 보고 깜짝 놀라 바라 보았다.

"누, 누구세요?"

"저 녀석의 친구지."

눈앞의 남자는 매력적으로 생겼다. 그리스 로마 신화에나 나오는 신이나 영웅처럼 거만하고 오만하게 보였는데 그 모습 이 너무나 잘 어울렸다.

"어머, 달링! 왜 시합에 안 나갔어요?"

마리아가 삼열을 깨우려고 하자 미카엘이 말렸다.

"그 녀석은 아픈 상태니 깨우지 말도록."

"엄마야, 아파요? 그럼 병원에 가야죠. 도대체 아픈 사람을 이렇게 방치하면 어떻게 해욧!"

마리아는 흘깃 삼열을 보고 마음이 급해져 미카엘에게 소 리를 질렀다.

"하하하, 너는 저 녀석을 사랑하는군. 좋아, 좋아. 저 녀석 은 조금 쉬면 된다. 그러니 너는 걱정하지 말도록."

마리아는 처음 본 남자의 말임에도 불구하고 그의 말을 듣지 않을 수 없었다.

뭔가 이질적인, 그러면서도 권위로 가득한 음성에 그의 말을 거역할 수가 없었던 것이다. 그리고 며칠 전에 일어난 사건을 기억하고는 고개를 끄덕였다. 그때도 삼열은 운동하다가 쓰러져 잔 적이 있었다.

'혹시 기면증?'

인간의 의지에 의해 통제되지 않는 잠에 빠지는 병이 아닐까 하는 생각을 하였지만 일부러 고개를 세차게 흔들었다.

불길한 생각은 해서도 안 된다. 원하지 않는 것이 찾아올 수도 있으니.

"후후, 그는 안전하다. 그러니 걱정하지 말도록 하라."

미카엘은 마리아를 보며 다시 말했다. 마리아는 미카엘의 말에 안도하는 자신의 모습을 보고는 깜짝 놀랐다.

'내가 왜 이러지?'

하지만 그녀의 입에서 나온 말은 전혀 다른 말이었다.

"아, 차라도 한잔 내드려야 하는데… 커피를 드릴까요? 홍차도 있어요."

"커피로."

마리아는 주방으로 가서 커피를 타왔다. 미카엘은 마리아의 이런 행동을 유심히 지켜보았다. 인간 여자들 중에서도 제법 우아하고 지적인 여자로 보였다.

그는 커피 잔을 들어 향기를 맡았다. 진한 원두의 냄새가 거실에 가득 퍼졌다. 미카엘은 방금 내린 신선한 커피를 마시며 중얼거렸다.

"저놈은 복도 많군."

미카엘의 말에 마리아가 방긋 웃었다. 미카엘도 반할 정도로 환한 미소였다.

"아무리 봐도 저놈은 복이 많군."

거듭된 칭찬에 마리아가 다시 웃었다.

"저놈을 사랑하나?"

"네, 물론이에요."

단 한순간도 망설이지 않는 마리아의 대답에 미카엘이 고개를 끄덕이며 말했다.

"그는 천재라 할 수 있는 지능을 가지고 있고 인내심으로는 능히 산을 움직일 만하지. 그런데 그는 환자다."

"네, 네?"

깜짝 놀란 마리아의 목소리가 크게 울려 퍼졌다. 마리아는 자신이 낸 소리에 놀라 손으로 입을 막았다. 귀여운 그 모습을 본 미카엘이 말했다.

"내가 처음 만났을 때 그는 제대로 움직이지도 못할 정도였다. 그는 루게릭병을 앓고 있었다."

"네에? 말도 안 돼요. 그이가 얼마나 건강한데요."

엄청난 운동을 소화하고 하루도 빠지지 않고 밤마다 자신을 괴롭히는 삼열의 엄청난 체력을 생각한 마리아는 고개를 흔들며 미카엘의 말을 부정했다.

물론 삼열이 레드삭스에서 시카고 컵스로 트레이드될 때 자신이 루게릭병에 걸렸다는 말을 듣기는 했다. 하지만 그때 그것이 정말이라고는 생각하지 않았다.

루게릭병에 걸린 사람이 메어지리그에서 선발투수를 한다는 것은 코메디라도 말이 안 된다.

마리아가 한참 동안 가만히 있자 미카엘이 입을 열었다.

"그는 루게릭병 환자가 맞다."

"정말… 인가요?"

"후후. 물어보라, 그에게."

"그 말이 정말이었군요."

"안심해라. 그는 이제 그 어떤 인간보다 더 강해졌다."

미카엘은 커피를 마시며 느긋하게 말했다. 여전히 마리아가 걱정스러운 표정을 짓자 웃으며 다시 말한다.

"그는 곧 완치될 것이다."

"정말인가요?"

"물론. 내가 왜 이 이야기를 하려는지 아나?"

"……?"

"만약 그가 완치되기 전에 혹시라도 아기를 가지게 되면 이 것을 삼열에게 보여주도록 하라. 사용법은 그가 알고 있으니. 불의 씨앗이라고 말해 주면 될 거다."

마리아는 미카엘이 준 붉은 수정을 눈여겨보았다. 수정은 마치 살아 있는 듯 꿈틀거리고 있었다.

"어머, 이거……."

"그럼 나는 가봐야겠군. 하던 일을 마치지 못하고 왔으니."

미카엘이 커피를 마저 마시고 자리에서 일어났다. 그는 마리아를 향해 웃으며 말했다.

"이제 잠에 빠져라."

마리아는 마치 최면에 걸린 듯 갑자기 잠이 쏟아지는 것을 도저히 참을 수가 없었다. 그녀는 삼열의 옆에 앉아 그대로 잠에 빠져들었다. 어둠 속에서 미카엘은 두 사람을 보며 웃었다.

"그나마 잘 어울리는군."

미카엘이 손을 옆으로 펼치자 빛들이 그에게 몰려왔다. 그리고 공간이 일그러지고 난 후 사라졌다.

\*            \*            \*

미카엘이 사라진 후 한참 만에 마리아는 잠에서 깨어났다.

그녀는 자신에게 무슨 일이 일어났는지 잘 알 수가 없었지만, 그녀의 손 안에는 붉은 수정이 마치 살아 있는 것처럼 꿈틀거리고 있었다.

마리아가 자리에서 일어나 삼열에게 다가가 살며시 만지자 다행스럽게도 삼열이 눈을 떴다.

"아, 마리아. 언제 왔어요?"

"좀 전에요. 아, 미안해요. 아직 저녁을 못했어요."

"괜찮아요. 꼭 마리아가 저녁을 하라는 법은 없잖아요."

"나… 여기서 어떤 남자를 만났어요."

"아, 미카엘을 봤군요."

"그가 누구예요?"

"그런 사람이 있어요."

마리아는 고개를 갸웃했다.

거짓말을 하지도 않고 숨기는 성격도 아닌 삼열이 이야기하지 않는 것에는 무슨 이유가 있을 것으로 생각했다.

"그가 당신이 병에 걸렸다고 했어요."

"별 이야기를 다 했군요. 내가 전에 말했었잖아요. 그리고 걱정하지 않아도 돼요."

"정말 병에 걸린 것이 맞는 거예요? 그런데 어떻게 이렇게 건강하죠?"

"운이 좋았어요."

"아, 그가 이것을 줬어요."

"그게 뭔데요?"

삼열은 마리아의 손에 들려 있는 작고 붉은 수정을 바라보았다.

"그가 이것을 불의 씨앗이라고 했어요."

"아, 이것이었군, 불의 씨앗이. 난 보지는 못했어요. 그런데 그가 왜 이것을……?"

"아기가 태어나면 혹시 모르니 이것을 사용하라고 했어요."

"와우! 굉장해요. 믿을 수 없어."

마리아는 너무나 좋아하는 삼열의 모습을 보고 어리둥절했다. 당연히 이 붉은 수정의 가치를 모르는 그녀로서는 그럴 수밖에 없었다.

"그거 굉장한 거예요. 이것을 가능한 사용하지 않았으면 좋겠어요. 내가 병을 고친 다음에 당신이 사용했으면 해요."

"네? 왜요?"

"그건 엄청난 것이기 때문이에요. 나중에 자세하게 이야기해 줄게요."

"꼭 해줘야 해요."

"네. 난 마리아에게 비밀이 없어요. 하지만 지금은 말할 타이밍이 아니에요."

마리아는 삼열의 말을 듣고 조금 섭섭했지만 어쩔 수 없다.

오늘은 정말 이상한 날이었다.

처음 본 남자가 무례한 말을 함부로 했지만, 그것이 전혀 이상하지 않았다. 그땐 무엇엔가 홀린 듯했다. 그리고 잠에 빠지자 남자는 사라지고 없다.

무슨 비밀이 있는 것 같았지만 그녀는 엄습하는 두려움 때문에 알고 싶은 마음이 들지 않았다.

삼열은 불안해하는 마리아의 모습을 보고 어쩔 수 없이 자신의 이야기를 천천히 하기 시작했다.

미카엘의 비밀에 관한 것을 제외하고는 빠짐없이 모두 말한 것이다.

얘기를 듣는 내내 마리아는 눈물을 흘렸다.

"아, 어떻게 그런 일이… 불쌍한 달링. 내가 당신을 이제는 행복하게 해줄게요. 알죠, 내 사랑?"

마리아는 삼열의 품에 안겨 소리 내어 울었다. 마치 어린아이가 엄마에게 떼를 쓰듯.

그녀는 곱게 자랐다. 태어나면서부터 불행은 그녀의 곁에서 벗어나 있었고, 행복한 가정에서 부모의 한없는 배려 속에 자랐다.

세상이 자신이 커왔던 그런 곳이 아닌 것을 알게 된 이후부터 그녀는 겸손을 배웠으며 가족과 사람들에게 존경심을 가지게 되었다.

그래서 그녀는 모든 일에 감사하는 버릇을 갖게 되었다.

그녀가 진정으로 아름다운 이유는 외모가 아니라 내면 때문이었다.

# 6. 첫 노히트 노런

삼열은 구단에 전화해서 몸이 좋지 않아 오늘 경기장에 나가지 못했다고 했다. 이 시간이면 시카고 컵스의 경기가 한창 진행되고 있을 것이다.

이틀 전에 공을 던졌기에 그가 경기장에 나가봐야 할 수 있는 일은 없었다. 그렇다고 하더라도 빠지는 것은 팀워크에 좋지 않지만 몸에 힘이 너무 없어서 갈 수가 없었다.

"달링, 괜찮아요?"

"인간은 항상 부족함 가운데서 뭔가를 얻으려고 하잖아. 약해진 나는 더 열심히 노력할 겁니다."

"역시 당신은 존경스러워요."

삼열은 마리아의 칭찬에 얼굴이 붉어졌다. 그동안 누구에게 칭찬을 받아본 적이 별로 없었던 탓이다. 물론 야구를 잘한다는 말은 들어봤지만 지금처럼 존경스럽다는 말은 태어나서 처음이었다.

그가 생각하기에도 자신은 존경받을 수 있는 인품은 전혀 아니다. 하지만 사랑하는 여자에게 이런 이야기를 듣는 것은 너무나 즐거웠다. 삼열은 마리아의 말에 기운이 나는 듯해서 미소를 지었다.

몸에 있던 신성석의 대부분을 회수당했기에 삼열은 그것이 앞으로 어떤 영향을 미치게 될지 몰랐다. 신체의 능력이 줄어들 것인지 아니면 회복력이 줄어들 것인지, 생각만 해도 가슴이 답답해졌다.

그래도 터무니없이 강해진 체력이나 능력은 줄어들지 않으리라고 생각했다. 여전히 100마일 이상의 공을 던질 수 있을 것이었다.

심장에 새겨진 불의 씨앗이 여전히 남아 있고 신성석의 일부도 여전히 몸에 남아 있기 때문이다. 더 큰 각성, 즉 엄청난 초인이 될 기회만 상실되었을 것으로 생각했다.

그렇지 않다면 미카엘이 신성력의 일부를 남겨둔다는 말은 절대로 하지 않았을 것이다. 아니, 신성력 모두를 가져간다고 해도 사실 삼열은 할 말이 없었다.

'지금보다 더 노력하면 돼. 루게릭병으로 제대로 걷기도 힘들었던 그때를 생각하자. 이렇게 메이저리거가 된 것 자체가 나에겐 기적이야.'

삼열은 마리아를 품에 안고 잠에 빠져들면서도 걱정이 되었다. 하지만 아침에 일어나 보니 그런 걱정은 모두 기우였음이 드러났다. 여전히 몸에는 힘이 넘쳤고 오히려 이전보다 더 건강한 느낌마저도 들었다.

'인간으로서의 진보는 남아 있다는 것인가?'

삼열도 초월적 존재가 되고 싶은 생각은 없었다. 초인이 되어도 위험이 찾아오지 않는다면야. 하지만 이미 미카엘이 각성하면 위험에 빠지게 될 것이라고 말하지 않았던가.

'차면 기우는 건가?'

하룻밤 사이에 삼열은 자신이 정신적으로 조금은 더 성숙해진 것 같았다. 연습장에 도착하여 공을 던지니 역시나 달라진 것은 하나도 없었다. 걱정한 대로 제구가 흔들린다는 것 외에는.

그런데 제구가 흔들린다는 그 점이 가장 큰 문제였다. 그리고 내일부터 컵스는 원정경기를 가야 한다. 제구를 다듬을 시간이 없다는 것이 문제 중의 문제였다.

마음이 초조해졌다. 그래서 일부러 하루 종일 공을 던졌다.

시합이 진행되고 있는 경기장에도 가지 않고 던지고 또 던졌다. 하루 만에 제구가 잡힐 리는 없지만 미묘하게 조절이 되지 않아 약이 잔뜩 올랐다.

'죽도록 연습하는 수밖에 없군.'

마치 어울리지 않는 옷을 껴입고 사람들 앞에 서는 기분이었다. 삼열은 생각했다. 그리고 결론을 내렸다. 일단은 긍정적이었다.

한두 경기는 고생할 수 있어도 던지는 힘이 더 생겼으니 나쁠 것 없다. 악력이 강해지자 공의 각이 더 예리해졌다. 아직은 컨트롤이 제대로 안 되고 있지만 삼열은 피식 웃었다.

레드삭스에서 트레이드되어 와서 이만큼 던졌으면 자신의 역할은 어느 정도 한 것이다. 승리에 대한 욕심이 있어서 그렇지, 이 정도만 해도 충분히 올해 받는 연봉 값은 했다고 봐도 과언이 아니다.

올해 활약하는 것에 따라 내년 연봉이 책정되겠지만 3년이 되지 않은 상태에서의 연봉 협상은 말이 협상이지, 일방적으로 구단이 주는 대로 받아야 한다.

에이전트가 나서서 협상은 하겠지만 구단이 이만큼밖에 줄 수 없다면 그대로 받아들여야 한다. 물론 메이저리그에 그렇게 우격다짐으로 연봉 책정을 하는 구단이 있을 리는 없겠지만 말이다.

삼열은 눈을 감고 생각에 잠겼다. 가끔 코치가 지도를 해줬지만, 지금은 별로 도움이 안 되었다. 그래서 대부분의 시간 동안 혼자 공을 던졌다.

'마음을 차분하게 진정시킨다. 천천히 공을 던진다. 내가 세상의 중심이라 생각한다.'

삼열은 끝없이 공을 던졌다. 오늘은 평상시보다 더 열심히 해서 몸이 엄청나게 지쳤다. 하도 연습을 하니 몸이 하염없이 늘어지고 입에서 단내가 나기 시작했다.

삼열은 파김치가 되어 집에 도착했다. 집에 들어오자마자 그는 침대로 가 옷도 벗지 못하고 쓰러져 잠들어 버렸다.

"어머, 달링?"

마리아는 삼열을 깨우려다가 그의 지친 얼굴을 보고 고개를 절레절레 흔들었다.

왜 이토록 무리하였는지 모르지만 걱정이 많이 되었다. 그녀도 사람의 몸은 훈련을 많이 한다고 마냥 좋아지는 것이 아니라는 것쯤은 잘 알고 있다. 효율적인 훈련이 무턱대고 많은 연습을 하는 것보다 더 낫다. 그래서 스포츠 의학과 스포츠 과학이라는 분야가 존재하는 것이다.

현대는 더 적은 시간을 들여서 효율적인 훈련을 하는 운동 시스템이 많이 개발되어 있다. 인간의 육체는 오랜 시간의 긴장을 버텨낼 수 없기 때문이다.

그리고 인간의 육체는 일정 한도를 넘어가면 훈련을 할수록 효율은 더 떨어진다. 그러기에 프로리그에는 개개인의 능력에 맞는 개별훈련 프로그램이 따로 짜여 있다. 대부분의 선수는 그런 일정에 맞춰 연습하곤 한다.

'왜 이렇게 하지?'

마리아는 삼열의 행동에 이상함을 느꼈다. 머리가 좋은 삼열이 그런 사실을 모르고 이렇게 했을 리는 없는데, 아무리 생각을 해봐도 알 수가 없었다.

'그는 지혜로운 사람이야. 믿고 기다리는 수밖에 없어. 그를 믿어야 해.'

그러나 그녀는 마음을 다잡아도 걱정이 되는 것은 어쩔 수 없었다.

삼열은 깊은 잠에 빠졌다. 그러자 그의 심장의 불꽃이 나와 사방으로 돌아다니며 늘어지고 지친 근육과 세포를 치유하기 시작했다. 이제는 신성석의 도움 없이도 어지간한 부상은 심장의 불꽃이 알아서 해결할 것이다. 이는 불꽃이 진화하고 있는 까닭이다.

삼열은 아침 일찍 일어났다. 몸이 개운하고 거뜬했다. 그는 안도의 한숨을 내쉬었다. 그제야 미카엘이 자신의 몸에 있던 신성석의 잉여 에너지만 거두어갔음을 확실히 알 수 있었다.

고마웠다. 단 한 번 도움을 준 것치고는 받은 것이 너무나 많았다. 그때 이상한 마음이 들어 미카엘을 집으로 데려오지 않았다면 지금의 모습도 없다는 생각에 삼열은 가끔 착한 일도 하고 살아야겠다고 마음먹었다.

조금 더 안정을 찾으면 착한 일을 찾아서 한번 해야지, 하는 생각이 들었다.

*　　　　*　　　　*

삼열은 워싱턴으로 가는 전용 비행기에서 불안한 마음으로 공을 매만졌다.

시즌 막판으로 갈수록 흥행을 위해 같은 지구에 소속된 팀들과 더 많은 시합을 해야 하기에 시즌 초반에는 원거리 원정이 잡혀 있는 경우가 많았다.

사실 그것이 어찌 보면 합리적이었다. 체력적인 여유가 있는 시즌 초에 원거리 원정을 많이 하는 것이 좋다. 그런데도 원정은 늘 힘들었다.

"헤이, 삼열. 왜 그동안 경기장에 나오지 않았어?"

라이언 호크가 삼열의 옆에 앉아 궁금한지 물어봤다.

"손가락 힘이 엄청나게 세졌어요. 손가락으로 지구를 들 수 있을 정도로 말이죠. 그래서 제구가 흔들려요."

"와우, 얼마나 손가락 훈련을 열심히 했으면 제구가 흔들려?

손가락에 물집이 생겼다는 말은 들어도 네가 하는 말은 처음 듣는다."

"저도 전적으로 동감합니다."

삼열은 한숨을 푹 내쉬었다. 어차피 시합이 시작되면 모두에게 드러날 내용이었다. 숨길 필요가 없다. 경쟁 관계에 있다면 숨기고 어쩌고 하겠는데 삼열에게는 그런 상대가 없다. 신인이고 100마일의 공을 던지기에 모두들 한 수를 접어줬다. 삼열도 야망에 불타거나 하지 않기에 다른 선수와 잘 지내는 편이었다.

라이언 호크는 한숨을 내쉬는 삼열을 보고 그의 말이 어느 정도 사실이라고 느꼈다.

'이 악동에게 문제가 생겼군. 곧 흥미로운 일이 생길 것 같은데.'

남의 불행은 나의 행복이라는 말이 있듯이 무지막지한 공을 던지는 삼열이 어려움을 겪을 것을 생각하자 은근히 재미있어졌다.

호텔에 도착하자마자 삼열은 짐을 방에 던져두고 훈련장에 가서 죽어라고 공을 던졌다. 마음처럼 몸이 제대로 따라가지 못했지만 공을 던지는 것 자체는 행복했다.

한참을 던지다 보니 잊고 있었던 것이 생각났다. 승부도 중요하지만, 공을 던지는 것은 그에게 숨을 쉬는 것처럼 무척이나 행복한 일이라는 것 말이다.

그것을 생각하니 삼열은 벼락을 맞은 듯 충격을 받았다.

사람들은 항상 어렵게 깨달은 진리를 너무나 쉽게 잊어버리곤 한다. 불과 얼마 전에 행복하게 공을 던지는 방법을 배웠는데 제구에 조금 문제가 생겼다고 그것을 잊어버렸다니.

현재 당면한 문제의 뒤편에 있는 소중한 추억, 행복한 기억, 열정에 대해서 다시 생각해 볼 필요가 있다고 느꼈다.

어차피 루게릭병에 의해 움직이지도 못하게 될 신체였다. 그런데 지금은 100마일의 공을 던지는데, 제구가 조금 안 된다고 짜증을 낼 필요는 전혀 없지 않은가?

삼열은 가슴을 펴고 호흡을 깊게 했다. 산소가 코를 통해 허파로 이동하자 마음이 차분해졌다.

'천천히 하자. 아주 천천히.'

삼열은 마음을 가볍게 하고 공을 던지기 시작했다. 공이 원하는 대로 꽂히지 않아도 즐거웠다. 이제 보니 악력만 세진 것이 아니라 손목의 힘도 세지고 다리의 힘도 세졌다. 그것이 완전한 균형을 이루지 못해 제구가 흔들렸던 것이다.

만약 일반인이었다면 이런 미묘한 차이를 느끼지 못했을 것이다. 삼열이 투수이기에 아주 섬세하게 공을 다뤄야 했기에 발견한 것이다.

삼열은 푸른 하늘을 바라보며 미소를 지었다. 한두 경기 제구가 안 되어도 좋다. 노력하다 보면 언젠가는 잡힐 것이다.

언제나 그러했듯이.

덕분에 신체가 좋아진 것은 노력에 대한 보상이다. 그렇게 생각하니 지금의 어려움은 아무것도 아닌 것으로 여겨졌다.

삼열은 자신이 나가는 시합 이외에는 훈련장에 남아 코치의 지도하에 제구를 가다듬었다.

그가 상대할 팀은 워싱턴 내셔널스로, 마틴 스트라우스가 있는 팀이다. 내셔널 리그 동부 지구 1위인 팀으로, 완벽한 선발진은 메이저리그 최고를 자랑하고 있다.

마틴 스트라우스는 3승 무패로 1.03의 방어율을, 지오 곤잘레스는 5승 무패로 내셔널리그 다승 1위다. 요한 짐머덕은 토미존 수술을 받고 나서 재작년에 완벽하게 재기에 성공했다.

에드워드, 존 미켈도 성적이나 방어율이 나쁘지 않다. 공격력도 좋다. 라이언 짐머맨과 제이비 워드 등의 중심 타자가 제몫을 해주자 2위 팀과는 세 게임이나 차이 나는 동부 지구 1위가 되었다.


삼열은 내셔널 파크에 일찍 도착하여 주변을 둘러보았다.

지하철역 바로 옆에 내셔널 파크가 보인다. 2008년에 지어진 깨끗한 구장이라 마음에 들었다. 하지만 구장 앞에 있는 어설픈 동상들은 마음에 들지 않았다.

어제는 연장 12회까지 가서 컵스가 2 : 3으로 졌다. 매튜 뉴먼이 7이닝 동안 무실점으로 호투하였으나 상대 투수 요한 짐머덕 역시 8이닝 무실점으로 호투했다.

비록 지기는 했지만 매튜 뉴먼은 확실히 제 역할을 잘해주었다. 짐머덕은 제구력과 위력적인 공을 동시에 가지고 있어 타자들이 제대로 공략을 못 한 것이 패인이었다.

오늘 워싱턴 내셔널스의 선발 투수는 왕두열로, 그나마 공략하기 좋은 투수라고 할 수 있다. 삼열이 마틴 스트라우스와 붙으면 강속구 투수끼리의 대결이라고 굉장한 화젯거리가 되겠지만 이번엔 운이 닿지 않았다.

삼열은 그나마 다행이라고 여기고 있었다. 제구가 안 좋을 때 자책점이 낮은 투수를 상대하는 것은 부담스러운 일이다.

삼열은 포수와 함께 몸을 풀며 천천히 공을 던졌다. 달라진 것은 없지만 마음이 달라지니 모든 것이 다르게 보였다.

시카고 컵스는 좋은 성적을 내지 못해도 미국 전역에서 고른 팬을 확보하고 있다. 물론 양키스나 레드삭스만큼은 아니지만 어디를 가든 컵스의 팬들은 있다.

삼열은 3루로 가 아이들과 인사를 나누고 같이 사진을 찍고 사인도 해줬다. 그리고 아이들과 함께 파워 업을 외쳤다.

3루에서 돌아오는데 상대 팀 선수들이 삼열을 유심히 바라보고 있었다. 그중에는 마틴 스트라우스도 있었다.

워싱턴 내셔널스의 가장 큰 스타가 있다면 바로 그였다. 워싱턴 내셔널스는 1969년 캐나다 몬트리올을 연고지로 창단된 팀이다.

그리고 2005년에 워싱턴 D.C.로 연고지를 옮긴 이후 생소한 워싱턴 내셔널스를 전국구로 알린 선수가 마틴 스트라우스였다. 그의 100마일의 공은 메이저리그에서도 흔하지 않은 강속구이기에 그런 공을 던질 수 있다는 것만으로도 사람들의 관심을 받을 수 있다.

올해에 삼열이 102마일의 강속구를 던지게 되자 그에 대한 관심이 줄어들기는 했지만 여전히 그는 매스컴의 주목을 한 몸에 받고 있다.

마크 프라이어와 마찬가지로 대학 야구를 초토화시킨 초대형 스타인 그는 이미 대학에서 노히트 노런을 경험한 바가 있다.

신인이지만 스콧 보라스를 에이전트로 둔 덕분에 받게 된 4년간 약 1,510만 달러의 연봉은 메이저리그 역대 최고의 신인 계약이라고 할 수 있다.

그는 3년 전에 토미존 수술을 받고 완벽하게 재활해서 작년과 올해 눈부신 투구를 하고 있다. 이전에는 선수 생활을 그만두게 만들었던 토미존 수술은 이제 거의 완치율이 80~

90%에 가까웠다.

삼열이 그를 바라보자 마틴 스트라우스가 살짝 손을 흔들었다. 삼열도 그를 보며 손을 흔들었다. 두 사람은 서로를 바라보며 미소를 지었다.

시간이 흘러 경기가 시작되었다. 컵스가 선공이라 왕두열이 나와 마운드에서 공을 던졌다.

왕두열은 올해 다섯 경기에 나와 2승 3패, 방어율 7.23으로 죽을 쑤고 있지만 타력의 도움으로 2승을 거두었다. 대만 선수로 2005년에 양키스에서 데뷔했으며 메이저리그 통산 61승 32패, 평균자책점은 4.26이다.

딱.

삼열은 고개를 들어 그라운드를 바라보았다. 빅토르 영이 왕두열의 초구를 받아쳐 외야 깊숙한 타구를 날렸다. 우익수가 뛰어갔지만 빅토르 영은 여유롭게 2루에 안착했다.

삼열이 딴생각을 하고 있어서 왕두열이 던진 공의 구질이 무엇인지는 몰랐지만 선두타자의 2루타는 오늘 경기가 잘 풀릴 징조처럼 보였다.

요즘 분위기가 좋은 컵스의 타자들이 만만하게 보이는 왕두열 투수를 상대로 안타를 노렸다.

삼열이 조금 놀란 눈으로 2루로 진루한 빅토르 영을 바라보자 옆에 있던 매튜 뉴먼이 말을 걸었다.

"오늘은 반드시 승리를 거둬야지."

"그러면 저야 좋죠."

매튜 뉴먼은 어제 승리투수는 되지 못했지만 7이닝을 무실점으로 막아서인지 기분이 나빠 보이지는 않았다.

2번 타자는 스트롱 케인으로, 컵스에서 가장 타격이 좋은 타자 가운데 하나였다. 레리 핀처나 스티브 칼스버그 같은 장타력은 없지만 타자가 진루해 있을 때는 여지없이 안타를 만들어내곤 했다.

"스트롱, 넘겨!"

"파이팅!"

스트롱 케인이 흘깃 더그아웃 쪽을 보더니 미소를 지었다.

왕두열은 초구에 2루타를 맞아서인지 상당히 당황하고 있었다. 나이는 어리지만 메이저리그에서 풀타임으로 3년을 활약한 스트롱 케인에게 그런 모습이 정확히 보였다. 3년 연속 3할 이상을 올린 타격감을 가지고 있는 그에게 흔들리는 투수의 공은 더 이상 위력적이지 않았다.

왕두열이 와인드업 후에 공을 던졌다.

펑.

"볼."

왕두열이 던진 공이 스트라이크 존을 크게 벗어났다. 이런 공을 스트롱 케인이 배트를 휘두를 리가 없었다.

다시 공이 날아왔다.

펑.

"볼."

커브가 밋밋하게 들어오긴 했지만 역시나 많이 벗어났던 공이라 스트롱 케인은 타석에서 조금도 움직이지 않았다. 그는 배트를 단단히 움켜쥐고 왕두열을 노려보았다.

1루가 비어 있지만 다음 타자가 장타력이 있는 이안 벅스이니 반드시 자신과 승부할 것으로 보았다.

왕두열이 와인드업 후에 다시 공을 던졌다. 공이 날아오자 스트롱 케인이 힘껏 배트를 휘둘렀다.

딱.

타구는 포물선을 그리며 좌익수를 지나 떨어졌다. 스트롱 케인이 장타를 치는 타자가 아니라 전진 수비를 한 것이 실수였다.

빅토르 영이 3루를 돌아 가볍게 홈으로 파고들었다. 스트롱 케인은 파르제 모스가 재빨리 공을 잡는 것을 보고는 1루에 그대로 멈춰 섰다.

파르제 모스는 어깨가 좋은 외야수라 무리한 주루플레이를 하면 곤란했다. 그는 사실 수비도 잘하는 편이지만 공격이 더 뛰어났다.

더그아웃에 들어온 빅토르 영은 동료의 하이파이브를 받으며 벤치에 앉았다. 노 아웃에 얻어낸 점수는 컵스의 선수들에게 용기를 가져다주었다. 게다가 실질적인 팀내 에이스로 100마일의 무시무시한 공을 던지는 삼열이 있으므로 지금 얻은 득점은 매우 의미가 있었다.

이안 벅스가 땅볼로 아웃되는 사이 스트롱 케인은 2루로 진루하였다. 요즘 타격에 물이 오른 레리 핀처가 타석에 서자 왕두열이 긴장했다.

레리 핀처를 거르자니 요즘 불방망이를 휘두르는 5번 타자 로버트가 문제가 되었다. 그러니 승부를 피할 수가 없다. 왕두열이 가능한 유인구를 던지려고 하는데 레리 핀처가 좀처럼 걸려들지 않았다.

노 스트라이크 투 볼의 상황에서 그는 스트라이크를 잡으려고 직구를 던졌다. 낮은 직구가 가운데로 약간 가운데로 몰렸지만 제대로 제구된 공이었다.

레리 핀처는 날아오는 공을 보고 힘차게 배트를 휘둘렀다.

딱.

레리 핀처가 휘두른 배트에서 나는 소리에 더그아웃의 선수들이 일제히 자리에서 벌떡 일어났다. 공이 하늘 높이 올라가더니 기어이 펜스를 살짝 넘어갔다.

"와아, 홈런이다."

삼열도 벌떡 일어나 누상을 돌고 있는 레리 핀처를 바라보았다. 요즘 타격감을 되찾고 있는 레리 핀처는 필요할 때마다 안타를 치고 있었다. 시즌 초반만 하더라도 승부와 관련 없는 타이밍에 홈런을 치던 것과는 180도 달랐다.

삼열은 마운드에서 망연자실해 하는 왕두열을 바라보았다.

그 역시 홈런을 두 번이나 맞아봐서 그의 기분을 이해할 수 있다. 홈런을 맞으면 자신의 의도와 달리 다리에 힘이 빠지면서 무기력해진다. 이럴 때는 오히려 공을 던지면서 안정을 되찾는 경우가 많다.

투수에게 숙명과 같은 것은 안타를 맞는 것이다. 안타를 맞으면 기분이 이상해진다.

하지만 안타를 맞지 않는 투수는 이 세상에 존재하지 않기에 투수는 안타를 맞아가면서 마음이 단단해지는 법을 배워야 한다.

노련한 투수는 안타를 맞더라도 산발적으로 맞아 점수를 내주지 않는 법을 배운다. 이런 투수가 되어야 비로소 메이저 리그에서 정상급 투수로 대접을 받기 시작한다.

'이거, 제대로 점수를 내네.'

원 아웃에 3점이나 득점을 하자 쉽게 경기를 할 수 있을 것 같았다. 아직 제구가 흔들리기는 하지만, 그렇다고 오차 범위를 많이 벗어나는 것은 아니었다.

워싱턴 내셔널스의 관중들은 1회 초에 벌어진 이 사태를 보며 조용해졌다. 어제의 명승부를 기억하고 왔던 팬들이 제대로 한 방 맞은 것이다.

삼열은 조용해진 내셔널스의 홈 팬들을 바라보며 야구는 인생과 같다는 생각을 했다. 기쁨과 슬픔이 매 순간 교차되는.

로버트가 안타를 치고 나갔지만 6번 타자 존 마크가 병살타를 치는 바람에 1회 초가 끝났다. 삼열은 느긋하게 일어나 마운드로 걸어 나갔다. 연습구로 공을 몇 개 던지니 타자가 타석에 들어서고 있었다.

연습구로 공을 두 개 더 던지고 마운드에서 호흡을 골랐다. 그래도 직구는 어느 정도 제구가 되어 그나마 다행이었다. 직구마저 흔들렸다면 오늘 경기는 힘들지도 모른다.

삼열은 초구로 낮은 포심 패스트볼을 던졌다.

펑.

"스트라이크."

삼열이 공을 던지자 관중석에서 소동이 잠시 일어났다. 3루석에서는 박수가 터져 나왔다. 전광판에 기록된 그의 구속은 103마일이었다.

1번 타자 데이몬은 입을 떡 벌리고 전광판을 바라보았다. 그리고 잠시 더그아웃 쪽으로 고개를 돌렸다.

마틴 스트라우스 역시 놀란 표정으로 전광판에 찍힌 103이라는 숫자를 멍하니 바라보았다. 마틴 스트라우스가 100마일을 넘기는 공을 던진다 해도 그의 평균 구속은 95~97마일 사이였다.

삼열은 다음 공으로 커브를 던졌다. 커브가 현란하게 꺾여 들어가자 데이몬이 배트를 휘둘렀다.

펑.

"스트라이크."

그대로 두었으면 볼이 될 공이었지만 103마일 뒤에 날아오는 커브는 그로 하여금 정상적인 사고를 하지 못하게 만들었다.

일단 초구의 103마일에 비해서는 육안으로 공이 보이니 배트가 저절로 따라 나갔던 것이다.

강속구 투수의 좋은 점은 제구만 어느 정도 뒷받침해 준다면 타자와 비교하면 상대적으로 우월한 위치에서 공을 던질 수 있는 것이다.

메이저리그의 타자들은 굉장히 공격적이다. 기다리면서 공의 구질을 살펴보는 것은 1번 타자 외에는 거의 하지 않는다. 그래서 스트라이크 존 비슷하게 들어가면 대부분의 타자는 배트를 휘두른다.

데이몬은 선구안이 그다지 좋은 편이 아니었다. 그래서 그의 작년 타율은 0.253으로, 선두 타자치고는 초라한 성적을 가지고 있다. 출루율도 0.298로 높은 편이 아니었다.

하지만 그는 작년에 8개의 홈런과 25개의 도루를 했다. 148개의 안타를 쳤고 68득점을 했다.

데이몬은 배트를 휘두른 다음에야 그 공이 볼임을 깨달았지만 어쩔 수 없었다. 103마일을 던지는 투수의 공을 그의 선구안으로 구별해 내기란 거의 불가능에 가까웠다.

삼열이 초구를 던졌을 때도 그는 꼼짝도 못 하고 그대로 스트라이크를 당했었다.

삼열은 제3구로 컷 패스트볼을 던졌다. 아직 변화된 몸에 익숙하지 못한 관계로 컷 패스트볼은 이전의 구위와 비슷하게 들어갔다. 그러나 옆으로 휘어지는 각도가 더 깊어졌다.

공이 앞에서 휘어져 들어오자 이안은 헛스윙했다. 컷 패스트볼의 구속에 슬라이더처럼 심하게 옆으로 휘어졌다.

양측 더그아웃에서 몇 명이 벌떡 일어나 삼열이 던진 공을 노려보았다. 그들이 볼 때는 삼열의 컷 패스트볼이 슬라이더처럼 보였다. 커터로 보기에는 꺾이는 각이 너무 예리했고 슬라이더로 보기에는 너무나 빠른 공이었다.

"저 괴물, 더 강해졌잖아."

"언터처블이 되어가는군. 몇 달 더 지나면 아이언맨으로 변신할지도 몰라."

더그아웃에 남아 있던 라이언 호크와 매튜 뉴먼이 말을 주고받았다.

'그런대로 괜찮은데?'

라이언 호크는 삼열에게 제구가 안 된다는 말을 들었기에 주의 깊게 지켜보았지만, 직구가 워낙 빠르게 들어오다 보니 타자가 차분하게 기다릴 수 없었던 모양이었다.

1번 타자가 삼진으로 물러나고 2번 타자는 2구 만에 땅볼 아웃으로, 3번 타자는 3구 만에 뜬공으로 아웃되면서 공수가 교대되었다.

삼열은 마운드를 내려오면서 안도의 한숨을 내쉬었다. 제구가 생각보다 잘되기도 했지만 상대 타자들이 공격적으로 나와서 쉽게 막을 수 있었다.

2회가 되고 스티브 칼스버그가 타석으로 나왔다. 그의 타율도 0.298로, 하위 타자치고는 상당한 타격 감각을 유지하고 있다. 원래는 존 마크와 타순을 바꿔야 하는데 그가 포수이다 보니 공격에 부담감을 주지 않으려는 의도로 7번 타자가 된 것이다.

딱.

스티브는 안타를 치고는 유유히 1루로 진출했다. 그는 1루에 서서 해맑은 웃음을 지었다. 8번 타자 존 레이가 땅볼로 아웃되었지만 그는 2루로 진루하였다.

삼열은 대기 타석에서 왕두열의 구위를 지켜보았다. 그를 일부러 끌어내리기 위해 투구 수 테러를 할 이유는 없다. 그렇다면 초구부터 승부하는 것이 좋을 것이다. 그렇게 생각하며 삼열은 타석에 들어섰다.

아직 밝고 따뜻한 햇살이 대지 위에 내리비추고 있었고 바람은 한 점 없는 저녁이었다.

왕두열이 공을 던졌고 삼열은 그대로 배트를 휘둘렀다.

딱.

배트에 공이 맞는 감각이 묵직했다. 공은 멀리멀리 날아가 폴대를 살짝 빗겨 지나갔다. 너무나 아까운 파울 볼이었다. 삼열은 아쉬워했고 왕두열은 안도의 한숨을 내쉬었다.

왕두열은 삼열이 홈런을 세 개나 쳤다는 말을 들었지만 그것은 투수가 방심한 것이라고 여겼었다. 하지만 지금 보니 상대 투수는 슬러거의 자질도 갖추고 있었다.

왕두열은 그를 거르고 싶었지만 다음 타순이 상위 타선으로 이어지기에 그럴 수가 없었다. 그리고 상대는 타격감이 좋아도 투수였다. 또 상대 투수를 거른다는 것은 있을 수 없는 일이다.

왕두열이 세트포지션 상태에서 공을 던졌다. 삼열은 날아오는 공을 보며 본능적으로 그것이 볼임을 깨달았다.

펑.

"볼."

원 볼 원 스트라이크에 왕두열은 호흡을 가다듬고 다시 공을 던졌다. 공이 타자 앞에서 뚝 떨어졌다. 삼열은 배트를 휘둘렀고 공은 미트에 그대로 빨려들었다. 포크볼이었다.

삼열은 볼카운트가 불리해지자 배트를 짧게 잡았다. 이제부터 스트라이크 비슷하게 들어오면 모두 커트를 해서 볼카운트를 유리하게 만들어야 했다.

딱.

파울이다. 왕두열은 다시 공을 던졌다.

딱.

"파울."

삼열은 11구 만에 투 스트라이크 스리 볼을 만들었다. 그리고 다시 배트를 제대로 고쳐 잡았다. 왕두열은 지겨웠다.

타자도 아닌 투수를 상대로 이런 긴 투구 싸움을 하게 될 줄은 꿈에도 생각하지 못했다.

왕두열은 다시 공을 던졌다. 삼열이 배트를 휘둘렀다.

딱.

공은 그대로 날아가 펜스에 정면으로 날아가 부딪혔다. 중견수가 재빨리 펜스에 맞고 나오는 공을 글러브로 잡아 던졌다. 그사이 스티브 칼스버그는 홈으로 들어왔다.

삼열은 그대로 1루에 멈추었다. 장타에 비해 영양가 없는 안타였다. 상대팀 중견수가 너무나 수비를 잘했기 때문이다.

삼열은 보호 장비를 벗어 1루 코치에게 주고는 잠시 몸을 풀었다.

바람 한 점 없는 저녁의 끈적거림이 흘러내리는 땀 사이로 묻어나고 있었다.

삼열은 뛸까 하다가 포수가 자신을 주시하는 것을 보고 두 걸음만 나왔다. 도루할 생각은 없었다. 다만 상대 포수를 헷갈리게 만들기 위해서 행동을 할 필요는 있다. 삼열이 한 걸음 더 나가자 바로 견제구가 날아왔다. 삼열은 재빨리 귀루하여 1루 베이스를 밟았다.

견제구가 세 번째 들어오자 삼열은 그대로 2루로 뛰었다. 여기저기서 숨을 들이켜는 소리가 나왔지만 2루수는 삼열이 뛸 것을 예상 못 했는지 2루 베이스에서 두 걸음 떨어져 있었다.

"와아!"

"멋진데."

"파워 업!"

여기저기서 감탄의 소리가 나왔다. 그의 도루는 전광석화처럼 빨랐다. 날카로운 바람처럼 순식간에 2루를 훔쳤다.

"저 녀석은 투수가 아니라 타자를 해야 했어. 저 도루는 아무도 못 막아. 감각을 타고났어."

스티브 칼스버그가 불만 가득한 표정으로 2루에서 웃고 있는 삼열을 바라보았다. 100마일의 공을 가볍게 던지는 투수가 도루까지 이렇게 잘하는 것은 아무리 생각해도 사기였다.

단순히 타고난 재능으로 저렇게 잘한다고 하면 불평을 터뜨리겠지만 컵스에서 가장 연습을 많이 하는 선수라서 그러기도 곤란했다. 하지만 아무리 그래도 신이 불공평한 것은 맞았다.

삼열은 호흡을 깊게 하며 마음과 몸을 안정시키려고 노력하였다. 아무리 그가 막강한 신체를 가졌다고 하더라도 힘껏 뛰고 난 뒤에 바로 공을 던지기에는 무리가 있으니까.

3루 쪽에서는 아까보다 더 큰 파워 업 소리가 났고 2루와 1루에서도 간간이 파워 업 소리가 뒤따랐다. 내셔널스의 홈 팬들도 103마일의 공을 던지는 투수가 도루하는 것을 지켜보며 즐거워했다.

애초부터 오늘 경기는 이기기 틀렸다고 생각하고는 즐기기로 한 모양인지 삼열이 잘하면 박수도 많이 쳐 줬다.

내셔널스 팬들의 입장에서는 어제 경기에서 이겼고 오늘은 가망이 없어 보였다. 그렇다고 시카고 컵스에게 필라델피아 필리스처럼 라이벌 의식이 있는 것도 아니니 이 새로운 괴물 투수의 출현이 즐거웠다.

작년부터 필리스의 팬들이 경기할 때마다 관중석의 과반 이상을 채우면서 광적으로 응원하는 바람에 어디가 홈팀인지 모를 지경이었다.

게다가 시끄럽고 기본적인 질서마저도 무시하는 바람에 내셔널스 구단은 예외적으로 필리스와의 경기에서는 원정팀의 티켓을 팔지 않기로 결정을 내렸다.

몬트리올 엑스포스일 때는 메이저리그에서 가장 가난한 구단이었지만 지금은 그것이 동화 속의 이야기가 되어버렸다. 한때 메이저리그 퇴출 대상이 되기도 했던 구단으로서 격세지감이라고 느낄 정도로 요즘은 막강한 돈의 위력을 느끼고 있다.

빅토르 영이 4구 끝에 삼진으로 물러나고 2번 타자 스트롱 케인이 타석에 섰다. 삼열은 2루에서 그를 향해 손을 흔들었다.

아직까지 스트롱 케인은 메이저리그의 최정상급 투수들에게 속수무책으로 당했지만 그 아래의 투수를 만나면 그야말로 물 만난 물고기가 된다. 역시나 스트롱 케인은 왕두열의 공을 빠르게 받아쳤다.

딱.

그의 배트에 맞은 공이 3루 라인에 붙어서 외야로 떨어졌다. 삼열은 가볍게 홈으로 파고들었고 스트롱 케인은 2루까지 출루했다.

데이비 존슨 감독은 경기를 포기했는지 투수를 바꿀 생각을 하지 않고 있었다. 그는 마운드에 서 있는 왕두열을 한 번 보고는 그대로 의자에 앉아버렸다.

경기가 한쪽으로 기울지 않았다면 투수를 바꾸겠지만 아직 2회도 지나지 않았는데 바꿀 수는 없다. 그리고 불펜에서 공을 던지는 투수도 아직 없었다. 상대 투수의 막강한 구위를 보고 오늘 경기에서 이길 수 없다고 느낀 듯했다.

이안 벅스가 다시 삼진을 당하면서 2회 초가 끝났다. 삼열은 더그아웃을 나가면서 호흡을 골랐다. 깊이 숨을 들이마시고 내쉬기를 반복했다. 그런 그를 보고는 다른 수비수들도 천천히 그라운드로 걸어나가고 있었다.

내셔널스의 선두타자로 4번 타자 파르제 모스가 나왔다. 그는 작년에 158개의 안타 중 홈런이 31개나 된다. 내셔널스의 중심 타자 중의 한 명이었다.

삼열은 천천히 와인드업 후에 공을 던졌다. 공이 의도한 바와 달리 타자를 향해 날아갔다. 파르제 모스가 기겁을 하고 뒤로 물러났다. 다행히 그는 무사했지만 옷에 공이 스치고 지나갔다. 삼열이 그에게 미안하다는 표정을 지었다.

마이클은 화를 내려고 하다가 심판의 날카로운 눈초리를 보고는 그대로 1루로 걸어갔다. 삼열은 도루 걱정을 하지 않고 공을 던졌다.

펑.

"스트라이크."

파르제 모스는 작년에 도루를 겨우 두 개밖에 하지 못했다. 그는 1루에서 아예 뛸 생각을 하지 않았다.

중심 타자가 뛴다는 것도 웃기지만 100마일을 던지는 투수 앞에서 도루한다는 것은 말도 안 되는 일이었다.

타석에 선 제이비 워드는 7년에 1억 2,600만 달러의 계약을 한 선수다. 삼열로서는 쳐다보기 힘들 정도로 연봉 차이가 심하게 나는 선수이지만 그는 삼열의 공에 속수무책이었다.

제구가 제대로 되지 않으니 예측되지 않는 곳으로 공이 꽂히고 있었다. 하지만 그는 결국 삼진을 당하고 물러났다. 100마일의 강속구를 던진 탓에 타자가 지레 겁을 집어먹은 탓이다.

6번 타자는 J.하퍼였다. 작년에 메이저리그에 올라와 엄청난 활약을 했지만 올해는 엄지손가락을 다치는 바람에 6번 타자로 밀려났다.

그는 작년에 157개의 안타와 28개의 홈런을 쳤고 타율은 0.288이었다. 한마디로 굉장한 한 해를 메이저리그에서 보냈다.

원래 그의 포지션은 포수였고 가끔 고교 야구 마운드에 섰을 때는 154km/h의 공을 던지기도 했다. 메이저리그에 올라와 선수 생활을 더 오래 하기 위해 감독이 그를 포수에서 외야수로 바꾸었다.

그는 고교 야구에 더 이상의 의미가 없다고 느낀 후 고2 때 중퇴를 한 후 검정고시를 통해 16세의 나이에 대학에 들어갔다.

한마디로 그는 야구의 천재라고 할 수 있다. 스윙 속도가 160㎞/h나 되어, 맞으면 2루타 이상의 장타가 자주 나왔다.

삼열은 맞아봐야 2점이라 생각하고 과감하게 공을 던졌다. 공이 날아가다 변하기 직전에 배트가 먼저 나왔다.

딱.

역시나 굉장한 스윙이었다. 공은 2루 쪽으로 직선으로 날아갔다.

로버트는 배트에 공이 맞는 소리를 듣자마자 자리를 옮기더니 펄쩍 뛰어올라 단숨에 공을 잡아버렸다. 그러자 여기저기서 안타까운 한숨이 터져 나왔다. 파르제 모스는 2루로 뛰려다가 움찔 놀라 재빨리 1루로 귀루하였다.

'굉장한 스윙이군.'

삼열은 비록 완벽하게 제구가 된 공은 아니지만 자신의 공을 완벽하게 맞히는 타자를 오랜만에 만났다.

삼열과 같은 강속구 투수의 공이 제대로 제구가 되면 타자는 좀처럼 치기가 힘들다.

좋은 타자란 제구가 된 공을 치는 타자를 의미하기도 하지만, 그런 타자는 사실 매우 적다. 오히려 좋은 타자는 상대 투수가 실투하는 공을 놓치지 않는 타자를 의미한다.

바깥쪽 무릎 부근 높이에서 꽉 채운 공은 쳐 봐야 땅볼밖에 나오지 않는다. 그런 공이 안타가 되는 것은 빗맞은 공이 우연히 수비가 없는 곳에 떨어진 경우 외에는 없다고 봐도 좋다. 물론 팔의 길이가 엄청나게 긴, 원숭이처럼 비정상적인 팔을 가진 사람은 예외로 할 수 있다.

윌슨 모리스가 타석에 들어섰다. 삼열은 힘차게 공을 던졌다.

딱.

데굴데굴.

공이 삼열의 발 앞까지 굴러왔다. 삼열은 공을 잡아 가볍게 1루로 송구하였다. 가볍게 세 명의 주자를 아웃시키고 삼열은 더그아웃으로 들어왔다. 그런데 갑자기 더그아웃의 분위기가 어수선해지더니 존 마크가 배를 움켜쥐고 바닥으로 쓰러졌다.

"존 마크!"

"정신 차려!"

"닥터!"

한동안 더그아웃이 소란해졌고 시합은 잠시 중지되었다. 타석에 들어서려던 레리 핀처도 걱정이 되었는지 뒤로 물러나 더그아웃을 바라보았다.

닥터가 달려와 존 마크를 진찰한 후 병원으로 이송했다. 굉장히 즉각적이고 단호한 조치였다. 일반적으로 메이저리그는 선수들의 건강 상태에 민감하게 반응한다. 워낙 고액 연봉자가 많아 잘못하면 구단이 엄청난 손해를 일방적으로 뒤집어쓸 수도 있기 때문이다.

특별한 잘못이 없는 한 구단은 선수가 아프거나 은퇴를 해도 계약한 연봉을 모두 지급해야 한다.

분위기는 어수선했지만 경기는 바로 속개되었다.

레리 핀처가 타석에 들어섰다. 투수는 여전히 왕두열이었다. 2점 홈런을 때렸던 타자가 들어서자 그는 긴장하는 빛이 역력했다.

레리 핀처는 투수를 죽일 듯이 노려보았다. 그는 더 위압적이고 강력하게 보이기 위해 정신을 집중했다. 결국 왕두열은 볼넷으로 레리 핀처를 1루에 보내고 말았다.

로버트가 타석에 들어섰다. 바람은 여전히 불지 않았고 날씨는 5월답지 않게 진득했다.

덥다고는 할 수 없지만 불쾌지수가 높은 날이었다. 세상은 이상 기온으로 덥거나 또는 춥거나 했다.

로버트는 왕두열의 공을 힘껏 노리고 쳤지만 빗맞은 공이 유격수 앞으로 날아갔다. 유격수 데이몬이 그림처럼 수려하게 공을 잡아챈 후 2루로 던졌다. 2루수가 베이스를 찍고 1루로 던졌다.

스티브는 1루 근처에서 병살로 아웃되고 말았다. 6-4-3으로 이어지는 깨끗한 병살이었다.

병원에 실려 간 존 마크를 대신해 헨리 아더스가 타석에 들어섰다. 그는 타격에는 상당한 재능을 가졌지만 아직까지는 수비가 약해 후보 선수에 머무르고 있었다.

그의 아버지는 영국에서 이주해 온 잡역부로, 어머니는 세탁소에서 일한다. 그에게는 한 명의 형과 세 명의 동생이 있다. 영리하고 재능이 뛰어난 그는 콜롬비아 대학에서 경영학을 전공하면서도 대학 야구에서 두각을 나타냈다.

아버지가 병으로 쓰러진 후에 그는 돈을 벌어야 했다. 월가에서 금융업에 종사할 것으로 기대했던 꿈은 깨지고 말았다. 하지만 그가 받은 150만 달러의 계약금으로 아버지의 병을 치료한 것은 물론이요, 어머니가 세탁소에 나가는 것도 그만둘 수 있었다.

헨리는 타석에 들어서 투수를 바라보았다.

안정을 찾은 듯 보인 그를 보며 헨리는 배트를 힘껏 고쳐 잡았다. 이 자리에 서기 위해 그는 지난 3년 동안 마이너리그에서 피땀을 흘렸다.

'반드시 친다. 기회는 자주 오지 않아.'

그는 이를 악물며 날아오는 공을 노려보았다. 공이 스트라이크 존을 크게 벗어났다.

헨리는 잠잠히 기다렸다. 다음 공은 날카로운 직구였지만 역시 스트라이크존에서 공 한 개 정도 빠진 공이었다.

'이번에 가운데로 온다.'

예상대로 슬라이더가 가운데로 몰렸다. 바깥쪽으로 더 휘어졌어야 했는데 밋밋하게 들어오자 헨리는 그대로 배트를 힘껏 휘둘렀다.

딱.

공이 가볍게 중견수의 키를 넘기고 바운드되었다. 우익수가 뒤에서 백업을 해주면서 공을 낚아챘다. 2루타성 안타였지만 호수비 때문에 단타가 되었다.

더그아웃과 관중석에서 박수와 함성이 동시에 튀어나왔다. 메이저리그 공식 데뷔 첫 타석에서 안타를 친 것이다.

"오호, 제법인데."

사람들은 헨리의 간결한 타격폼에 감탄을 터뜨렸다. 군더더기 없는 깔끔한 폼으로, 타격의 교과서를 보는 듯했다.

베일 카르도 감독은 헨리 아더스의 타격을 보고는 깜짝 놀라 자리에서 일어나기까지 했다.

그가 보기에 헨리의 타격폼은 나무랄 데 없이 정교했다. 연습 때보다 더 굉장했다. 시즌 초반이라 아직 그가 경기에 나갈 기회가 없었다. 수비라도 좋았다면 점수 차가 난 경기에 그를 내보냈을 것이다.

'수비만 보완되면 굉장히 괜찮을 텐데.'

베일 카르도 감독은 아쉬운 마음으로 1루에 서 있는 헨리를 바라보았다. 그가 보고받기로 그는 굉장히 성실하고 모범적인 선수였다. 가능한 그에게 기회를 주고 싶었지만 존 마크와의 계약 문제도 있고 수비가 보완되지 않으면 공격이 아무리 좋아도 곤란하였다.

다음 타석에 스티브 칼스버그가 섰지만 땅볼 아웃으로 물러나고 말았다.

삼열은 기지개를 켜며 몸을 풀었다. 선수들이 글러브를 착용하고 그라운드로 걸어나갔다. 그때 내셔널스 파크에 조명이 들어오기 시작했다.

야간 경기를 할 때 조명이 그라운드에 들어오면 삼열은 자신이 세상의 중심이라도 된 느낌을 받곤 했다.

야간 경기를 하면 투수는 쉽게 경기에 집중할 수 있고 공이 더 빨라 보이지만 타자도 그다지 불리하지는 않다. 조명 속에서 야구공의 빨간 실밥이 더 선명하게 보이기 때문이다.

삼열은 넉넉한 점수를 생각하고 여유 있게 마음을 먹고 던졌다. 적어도 한두 점 정도야 내줘도 괜찮다는 심정으로.

그렇게 마음을 먹자 이상하게도 공이 더 안정되기 시작했고 위력적으로 변했다.

컷 패스트볼의 제구가 안 되고 있지만 그다지 신경을 쓰지 않았다. 언제나 퍼펙트한 상황에서만 시합할 수는 없는 법이니까.

삼열은 8번 타자를 뜬공으로, 9번 타자 왕두열은 삼구 삼진으로 돌려세우고 1번 타자는 우익수 뜬공으로 잡았다. 가볍게 타자를 정리하고 더그아웃으로 들어가는데 헨리 아더스가 상기된 표정으로 그라운드를 벗어나고 있었다.

삼열은 그 모습을 보고 빙그레 미소를 지었다. 처음 메이저 리그의 무대에 섰을 때의 감동과 긴장감이 생각났다. 삼열이 처음 마운드에 섰을 때 사실 태연한 척은 했지만 아무런 생각도 나지 않았었다. 머릿속이 하얗게 변했었다.

더그아웃에서 헨리가 동료들의 축하와 격려를 받았다. 그는 쑥스러운 표정을 지으면서도 행복해했다. 그는 다음 타석에서도 2루타를 쳐서 감독에게 강렬한 인상을 남겼다.

7회가 넘어가자 내셔널스의 감독과 선수들은 문제의 심각성을 깨닫기 시작했다.

아직까지 그 누구도 안타를 치고 나가지 못했다. 6회에 볼넷으로 주자를 한 명 내보낸 것을 제외하고는 안타가 없는 노히트 노런 상태였다. 상대 타자의 구위와 예측과 달리 떨어지는 커브와 커터의 각이 너무나 심했다.

마침내 타자들도 삼열의 공이 슬라이더가 아니라 커터라는 것을 확신하면서부터 의욕이 꺾였다. 보통의 커터가 휘는 각도보다 더 넓고 깊었다. 위에서 아래로 떨어지는 궤적은 마치 포크볼이 아닐까 싶을 정도였고 바깥으로 휘어지는 공은 슬라이더처럼 보일 정도였다.

물론 각각의 포크볼과 슬라이더와 비교를 해보면 전혀 아니지만, 그만큼 변화가 심했던 것은 사실이다.

"저 괴물이 마침내 사고를 칠까?"

삼열의 뒤통수를 보며 스티브가 말하자 로버트가 고개를 끄덕였다.

"저 녀석은 언제든지 사고를 칠 준비가 되어 있지."

그의 말대로 남들은 수십 년에 한 번 할까 말까 한, 그런 위대한 작업을 삼열은 언제든지 할 준비를 하고 있었다. 물론 아직까지는 모두 시도에 그쳤지만 말이다.

삼열은 대기록에 대한 생각은 전혀 하지 못했다. 제구가 되었다 안 되었다 하며 들쭉날쭉했던 것이 신경에 쓰였다. 오늘 시합은 그에게는 정말 곤혹스러운 시간이었다.

어떻게 보면 지금까지 노히트 노런을 하고 있는 것도 제구력 난조 때문이었다. 제구가 제대로 다듬어지지 않은 공들이라 더 날카롭고 예리하였지만, 그 정도가 심해 삼열조차 스트라이크라고 확신하지 못하고 던졌다.

삼열이 삼진을 잡을 때마다 3루의 펜스에는 K의 숫자가 붙기 시작했다. 이제까지 K의 숫자는 모두 열두 개였다. 삼열은 자신이 잡은 삼진의 숫자를 모를 수가 없었다. 더그아웃에서 그 K가 너무나 잘 보였기 때문이었다.

시카고 컵스는 5회부터 바뀐 중간 계투들을 상대로 2점을 더 뽑아 스코어를 7 : 0으로 만들었다. 이제 경기에서 지고 싶어도 질 수 없을 정도로 점수가 많이 벌어졌다.

다시 끈끈해진 컵스 선수들의 눈동자에는 승리에 대한 신념이 강하게 빛났다. 작년에 지구 꼴찌를 한 치욕은 이미 사라진 지 오래였다.

삼열이 마운드에서 마지막 타자를 삼진으로 잡자 관중석은 커다란 환호로 가득해졌다. 심지어 워싱턴 내셔널스의 관중석에서도 많은 사람이 자리에서 일어나 삼열을 향해 기립 박수를 쳤다.

3루의 시카고 컵스의 팬들은 말할 나위도 없었다. 3루 쪽 관중석에서 시작된 '파워 업'은 마치 음악처럼 내셔널스 파크에 울려 퍼졌다.

"파워 업!"

"파워 업!"

파워 업 소리가 다다다다 시간을 두고 돌림 노래를 부르듯 계속적으로 반복되었다.

노히트 노런은 카를로스 잠브라노가 시카고 컵스 소속으로 2008년에 휴스턴 애스트로스를 상대로 거둔 후로 처음이었다.

지금은 마이애미 말린스로 간 카를로스 잠브라노는 악동으로 알려진 선수였다. 그러나 그는 삼열과는 격이 달랐다. 삼열이 귀엽고 재미난 악동이라면 잠브라노는 자기 성질을 참지 못하고 아무 때나 난동을 부렸다.

2011년 컵스에 있을 때 그는 다섯 개의 홈런을 맞고는 치퍼 존슨에게 빈볼을 던져 퇴장을 당했다. 그는 구단에 의해 실격 판정을 받고 마이애미 말린스로 트레이드되었다. 1,800만 달러의 연봉 가운데 1,550만 달러를 컵스가 부담하는 엄청난 조건이었다.

어쨌든 똑같은 악동의 이미지를 가진 투수가 다시 컵스에서 노히트 노런을 기록했다.

원더풀 스카이의 해설자 자니 메카인은 흥분해 소리를 지르면서 방송을 하였다.

─삼열 강 투수, 드디어 노히트 노런의 대기록을 세웠습니다. 대단합니다. 누가 저 어린 선수의 공을 칠 수 있겠습니까?

─도무지 어떤 공이 들어올지 아무도 알 수가 없었습니다. 커터가 슬라이더처럼 화려하게 휘어져 나갔고 103마일의 직구는 워싱턴 내셔널스의 타자들을 얼어버리게 하였죠.

옆에 있던 에드워드 찰리신 아나운서도 흥분한 목소리로

방송하고 있었다.

그도 그럴 것이 올해 컵스의 시즌 전망은 최악이었다. 방송에 걸린 광고가 적어 프로그램을 방송하는 것조차 버거웠는데 이제는 매 경기마다 모든 광고가 풀로 차버렸다.

당연히 방송을 진행하는 데 신이 나지 않을 수 없었다.

—삼열 강 선수, 정말 굉장한 일을 했습니다. 자니 메카인 씨, 오늘 경기를 한마디로 정리해 주신다면 어떻습니까?

—구위의 승리라고 할 수 있습니다. 오늘 삼열 강 투수는 제구력에 애를 먹은 것으로 보이는데 워낙 직구의 구속이 좋다 보니 타자들이 제대로 대처를 못 하였습니다. 그리고 점점 관록이 붙어간다는 느낌이 들 정도로 노련하게 경기를 운영했습니다! 굉장한 속도로 성장하고 있습니다.

—아, 베일 카르도 감독과 삼열 강 선수의 인터뷰가 있다고 합니다. 그쪽으로 마이크를 넘기겠습니다.


삼열은 베일 카르도 감독이 인터뷰하는 것을 지켜보았다.

재주는 곰이 부렸는데 돈은 짱깨가 번다고, 베일 카르도 감독은 폼을 잡으며 이야기를 하였다.

—삼열 강 선수의 이번 노히트 노런은 이미 예상된 것이었습니다. 심지어 너무 늦게 한 경향이 있지요. 세 번의 기회가 있었지만 안타깝게도 모두 놓쳤습니다. 시카고 컵스의 팬들과

이 기쁨을 함께하고 싶습니다. 그런 의미에서 삼열 강 선수가 늘 외치는 파워 업을 한번 해보겠습니다. 파워~ 업!

삼열은 어이가 없었다. 감독은 솔직히 삼열이 하는 파워 업을 별로 좋아하지 않았다. 삼열이 마운드에서 틈만 나면 외치는 파워 업을 눈살을 찌푸리며 보곤 했는데 지금은 카메라 앞에서 완전히 다른 모습을 보여주고 있다.

그러나 베일 카르도 감독은 이날의 주인공이 아니었다. 기자들의 눈과 귀는 그의 이야기를 들으면서도 삼열에게로 향해 있었다.

이 사실을 알고 있는 베일 카르도 감독이 빠르게 인터뷰를 마쳤다.

ー삼열 강 선수, 먼저 노히트 노런을 축하합니다. 지금 기분은 어떻습니까?

역시나 원더풀 스카이의 리포터 중 한 명인 안나 카트리나가 삼열에게 물었다.

ー이겼으니 일단 기쁘다고 할 수 있겠죠. 그러나 전 이게 완봉승과 무슨 차이가 있는지 모르겠습니다. 차이라고 볼 수 있는 것은 다른 때와 달리 타자들에게 조금 더 창피를 주고 이겼다는 것 외에는 없는 것 같은데요. 노히트 노런을 하면 2승으로 인정해 주면 그것이 더 기쁘겠습니다.

ー호호, 그렇게 할 수야 없죠. 그러면 언제부터 노히트 노런이라는 것을 알았습니까?

—저는 자칭 천재죠. 1회에 공을 던지면서부터 알고 있었습니다. 그런데 그것을 몇 회부터 안 것이 뭐가 중요한가요?

—호호, 여전히 재미있는 말이군요. 자, 그럼 그동안 격려를 해준 팬들에게 한 말씀 하시죠.

—그럼 제 팬인 아이들에게 하겠습니다. 헤이, 마이 프렌드. 사실 노히트 노런은 별로 중요한 것이 아니야. 살다 보면 더 중요한 것들을 경험하게 되지. 부모님의 말씀을 듣는 것, 위인들의 삶을 보고 배우는 것, 정직하게 자신의 소신을 펼치는 것이 노히트 노런보다 백배는 더 중요한 것이라고 할 수 있어. 그것을 이제 한번 해보지 않을래? 그리고 마리아, 이 작은 승리에 의미가 있다면 당신이 내게 믿음을 주었기 때문이라고 말하고 싶어요. 고마워요.


삼열이 인터뷰를 마치고 라커룸에 들어가니 선수들이 기다리고 있었다. 모두 샴페인을 터뜨리고 하이파이브를 했다. 그리고 삼열의 등짝을 두들겼다.

"아, 또 누구야?"

삼열이 인상을 썼지만 모두 그의 눈을 피해 회심의 미소를 지었다.

때린 사람이나 그것을 목격한 사람이나 고소해하기는 마찬가지였다.

그들은 생각했다, 이런 기회가 아니면 저 악동을 언제 때려 보나 하고.

*      *      *

노히트 노런을 하자 삼열의 주가는 폭등하기 시작했다. 이전에도 100마일의 공을 던지는 삼열은 항상 매스컴의 관심 대상이었지만 워낙 집과 연습장으로 단조로운 생활을 하다 보니 제대로 취재를 하기도 힘들었다.

노히트 노런은 삼열이 생각하는 것처럼 가벼운 것이 아니다. 그것을 하고 안 하고는 엄청난 차이가 있다.

노히트 노런을 했다는 것은 메이저리그에서도 최상급의 투수가 되었다는 것을 증명해 주는 훈장과도 같은 것이었으니까.

승리를 한다는 것은 기분 좋은 일이다. 그것은 자신의 노력을 타인에게 증명하는 방법이기도 하지만 자신이 아닌 타인, 즉 8명의 선수들과 호흡을 하나로 맞춰 이루어 내었다는 것이기도 하다.

삼열은 오늘 이룬 노히트 노런이 자신만의 노력으로 이루어진 것이 아님을 잘 알고 있었다. 안타성 타구를 끝까지 집중력을 발휘하여 수비해 준 선수들의 공헌을 무시할 수 없다.

그럼에도 불구하고 모든 찬사는 투수에게 모인다. 부조리하지만 노히트 노런은 투수를 위해 만들어진 명예이기 때문이다.

타석에 들어선 28명의 타자를 단 한 번의 안타도 없이 막았다는 것은 비록 수비의 도움이 컸다고 해도 존경받아 마땅한 일이었다.

단 한 번의 이 노히트 노런이 삼열의 이름을 미국 전체가 알게 했다.

그 전에 그의 이름은 기행으로 알려진 바가 더 컸다. 또 휴스턴 애스트로스와의 경기에서 제이슨 와튼에게 히트 바이어 피치드 볼을 던진 후에 탈스 힐로 도망간 후 관중과 대화를 나눈 것으로 유명해졌다.

그런데 오늘은 노히트 노런으로 다시 한 번 사람들의 머리에 그의 존재감을 각인시켰다.

삼열은 사람들이 축하와 찬사를 거듭하자 감정이 미묘하게 바뀌는 것을 느꼈다.

처음에는 '그까짓 거, 하나 안 하나 뭐가 달라'였었는데 이제는 자신이 특별한 뭔가를 이룬 듯한 생각이 들어 가슴이 뿌듯하였다. 특히나 마리아가 전화를 해와 그의 기분을 한껏 들뜨게 했다.

하지만 그는 여전히 어리둥절한 상태였다. 제구가 잘된 날에는 거듭 실패를 하다가 오늘같이 컨트롤이 엉망인 날에 노히트 노런을 이루었으니 말이다.

삼열은 미소를 지었다.

"자기, 너무 존경스러워요!"

특히 마리아가 한 말이 그의 머리를 떠나지 않았다. 게임 하나 잘해서 연인에게 존경을 받을 수 있다면 그것도 나름 괜찮다는 생각이 들었다.

삼열은 밤늦게까지 붙잡혀 인터뷰하고 선수들의 축하를 받고는 호텔로 돌아와 잠자리에 들었다. 하지만 잠이 오지 않았다. 머릿속으로는 '그까짓 거, 그게 뭐야!' 하고 아무것도 아닌 척하려 해도 몸은 그런 그의 생각을 배신했다.

몸이 한껏 달아올라 마치 커피를 스무 잔이나 마신 것처럼 각성 상태가 되어버린 것이다.

"아으, 왜 잠이 안 오냐고. 왜?"

삼열은 침대에서 벌떡 일어나 아스라하게 펼쳐진 도시의 별들을 바라보았다. 도시는 잠들지 못하는 병에 걸린 듯 여전히 깨어 느리게 움직이고 있었다.

삼열은 말없이 도시의 흩어지는 숨소리를 들었다. 방을 나와 엘리베이터로 몇 층만 움직이면 호텔의 바나 도박장에 들를 수도 있다. 하지만 그렇게 하면 다음 날 아침 신문에 그의 이름이 대문짝만하게 실릴 것이다.

삼열은 물구나무서기를 하며 생각을 가다듬었다. 그리고 굳이 자신이 이룬 업적을 부정하지 않기로 했다.

이 영광은 자신이 이룬 것이지만 동료들의 도움이 없었다면 결코 성립될 수 없는 것이었지만 말이다.

그는 무엇을 이룬다는 것이 이토록 마음을 흥분시키는 것인 줄 알지 못했다. 그것은 마약처럼 정신과 신체를 점령하여 한없이 갈증이 나게 할 정도로 짜릿했다.

'나는 지지 않는다. 왜냐하면 나는 더 큰 일들을 이룰 것이기 때문에.'

삼열은 눈을 감고 호흡을 가다듬었다. 그래도 마음이 흔들려 주체를 하지 못할 것 같아 욕조에 뜨거운 물을 받아놓고 들어갔다.

그때 핸드폰이 울렸다. 삼열은 욕조에서 일어나 침대 옆에 있는 핸드폰을 집어 들었다.

"여보세요?"

—달링!

"아, 마리아. 무슨 일 있어요?"

—자기가 너무너무 보고 싶어서요. 자기는 어때요?

"나도 같은 생각이에요. 아까부터 쭉요."

—아, 이렇게 좋은 날 같이 있어야 좋은데. 너무 아쉬워요.

"나도 잠이 안 와요. 마리아가 옆에 있으면 나을 텐데."

―어머, 나도 그래요.

수화기를 통해 들려오는 마리아의 목소리에서 그녀의 환한 미소가 보이는 듯했다. 삼열은 욕조 안에 들어가 전화를 받았다.

―아참, 달링. 티셔츠가 도착했어요. 무척 예뻐요.

"아, 그래요?"

―네, 아주 귀엽고 멋져서 아이들이 좋아할 것 같아요.

"다행이네요."

―다행 정도가 아니에요, 호호호.

마리아의 웃음소리가 들려오자 또다시 불끈했다.

―무슨 생각해요?

"아, 그냥 이런저런 생각요. 잠을 자야 하는데 잠이 오지 않아 미칠 것 같아요."

―아, 자기, 나 내일 쉬는 날이에요. 자기 오는 날로 맞추려고 했지만 이번에는 어쩔 도리가 없었어요. 내일과 모레 쉬는데 그리로 갈까요?

"아, 마리아, 제발 와줘요. 정말 보고 싶어요."

―잠시만요, 티켓을 알아보고요.

마리아는 한동안 말이 없다가 한껏 고무된 말투로 소리를 질렀다.

─야호, 달링! 내일 아침 비행기가 있어요. 예매하고 바로 전화 줄게요.

"네, 마리아. 보고 싶어요."

어떻게 내일 아침 비행기 티켓이 남아 있는지 의아했지만 그도 비행기를 많이 타보지 않아 영문을 몰랐다.

삼열은 땀을 흘리며 욕조에서 긴장된 몸을 이완시키려고 노력하였다. 그러자 피곤이 슬금슬금 몰려오기 시작했다. 졸음이 몰려오자 그는 마리아에게 자겠다는 문자를 보내고는 수마에 빠져들었다.


아침 늦게 일어나 호텔 식당에서 간단하게 먹고 있는데 로버트가 다가와 그의 앞에 앉았다.

어제 저녁 주인공이 빠진 상태에서 선수들끼리 축하주를 제법 먹은 모양이었다. 늦은 아침을 먹는 선수들이 보였고 손을 들어 삼열에게 아는 체를 했다.

"하이, 삼열 강."

"어서 와. 어제 고마웠어."

"이제야 나의 수비 실력을 알아주는군. 내가 2회에 J.하퍼의 공을 잡은 것이 결정적이었다고 생각해."

로버트의 말에 삼열은 손가락으로 머리를 긁으며 퉁명스럽게 말했다.

"흠. 너, 다시 나와 경쟁하기로 했어?"

"그건 아니고, 그냥 그렇다고."

"알았다고, 이 자식아. 내가 고맙다는 말을 몇 번이나 해야 해?"

"아니, 뭐 그렇다고 화를 낼 것까지야 없지. 굳이 묻는다면 천만 번 정도 고마워했으면 해."

"그래. 고마워 곱하기 천만 번. 됐냐?"

"하하, 그 정도로 봐주지."

둘의 유치한 대화를 들었는지 옆자리에 있던 존 레이와 이안 벅스가 어이가 없다는 표정으로 두 사람을 바라보았다. 그리고 로버트를 향해 너도 참 안되었군, 하는 눈빛을 보냈다. 로버트도 그 눈빛을 보고서야 고개를 숙이고 아침을 먹기 시작했다.

삼열은 방에 돌아와 운동을 시작했다. 섀도 피칭을 하며 무엇이 문제인가를 체크했다.

결론부터 말하면 새롭게 진보를 이룬 몸에 익숙해지는 수밖에 없다. 이 말은 더 열심히 연습하는 수밖에 없다는 말이었다. 다행스럽게도 첫날은 나쁘지 않았다. 그러자 다음 경기는 더 좋아질 것으로 생각했다.

*　　　*　　　*

점심이 지나서 마리아가 도착했다. 삼열은 마리아를 안고 키스를 했다. 어제만큼 간절하지는 않았지만, 그래도 마리아의 몸이 오늘은 그리웠다.

"아니, 낮부터… 달링, 안 돼요."

"난 괜찮아요. 마리아 사랑해요."

마리아는 사랑한다는 말에 그대로 무너지듯 삼열의 품에 안겼다.

격정적인 시간이 지나고 삼열은 일어나 냉장고에서 물을 꺼내 마셨다. 확실히 몸은 상당한 진보를 이룬 듯했다.

나이트가운을 걸친 마리아가 뒤에서 껴안자 삼열이 말했다.

"그런데 어떻게 올 수 있었어요?"

"호호, 어렵지 않아요. 항공사는 만약을 위해 항상 몇 좌석을 남겨둬요. 이런 좌석은 당일 아침에 티켓팅이 되는데 항공사에 아는 사람이 있으면 어렵지 않게 구할 수 있어요."

"그래요……?"

삼열은 처음 듣는 말에 조금 놀라 마리아에게 되물었다. 그러자 마리아가 고개를 돌리고 입을 열었다.

"아참, 티셔츠를 가져왔어요."

마리아는 가방에서 급히 두 장의 티셔츠를 꺼내 삼열에게 보여줬다. 컵스의 촌스런 디자인과는 달리 예쁘고 귀여웠다. 무엇보다도 원단이 좋아 아이들이 오래 입을 수 있을 것 같았다.

"괜찮네요."

"이 정도면 많이 팔릴 것 같아요. 지금도 구단의 62번 티셔츠는 불타나게 팔리고 있어요. 어제 노히트 노런을 했으니까요. 이제는 파워 업도 많이 팔릴 것 같아요."

"그랬으면 좋겠어요. 많이 팔리면 마리아에게 멋진 선물을 해줄게요. 뭐 원해요?"

"나는 삼열 씨."

삼열은 마리아의 입에 키스하며 마리아의 손을 잡고 춤을 추었다. 운동신경이 없는 그의 춤은 이상야릇하였다. 게다가 옷도 걸치지 않은 삼열이 움직일 때마다 그것이 덜렁거렸다. 그 모습이 웃겼는지 마리아가 웃음을 참지 못하고 키득거렸다.

삼열은 티셔츠가 마음에 들었다. 예쁘고 귀여워 누구라도 입고 싶어 할 만한 옷이었다. 시카고 컵스의 푸른색 원 안의 붉은색 마크가 파워 업 슬로건으로 바뀌었지만 전체적인 이미지는 비슷하였다.

하지만 세부적으로는 전혀 달랐다. 더 예쁘고 앙증맞았다. 게다가 밋밋한 컵스의 티셔츠보다는, 스트라이프가 들어가 있어 마치 양키스의 옷 같기도 했다.

도대체 얼마나 팔릴까? 적자만 보지 않으면 일단 다행이고 판매량은 많을수록 좋다. 삼열이 생각에 빠진 것을 알고 마리아는 가만히 그의 품을 벗어나 주류 냉장고에서 샴페인을 꺼내왔다.

"달링은 반 잔만 마셔요. 우리 아직 어제의 그 굉장한 업적에 대해 제대로 축하를 못 했잖아요?"

"아, 그래요."

삼열도 길을 가다가 주운 돈처럼 전혀 예상치 못한 노히트 노런의 기록 덕분에 어제와 오늘 내내 기분이 좋았다.

"이제 생산에 들어가면 되겠네요. 언제부터 제품이 나올까요?"

"아마 내일부터 가능할 거예요."

"그렇게 빨리요?"

삼열이 놀란 표정으로 마리아를 바라보자 마리아가 미소를 지으며 말했다.

"자기가 떠나자마자 디자인이 도착했어요. 그리고 내가 곧장 대행사에 전화를 걸어 생산하라고 했어요. 일단 1만 장을 만들기로 했어요."

"그렇게나 많이요?"

"절대 안 많아요. 그리고 가격이나 포장은 모두 그쪽이 알아서 할 거예요. 아마 그들은 판매량에 놀라고 말걸요."

마리아가 재미있다는 표정으로 미소를 지었다. 그리고 마침 생각난 듯 삼열에게 조언했다.

"달링, 아마 자기가 파워 업의 문구를 상표 등록했다는 말을 들으면 기자들이 좋지 않은 말을 할 거예요. 그러니 이익금의 얼마를 기부하는 것은 어때요? 어차피 기부금을 내면 세금혜택도 있으니 나쁘지만은 않을 거예요."

"그러죠, 뭐. 이왕이면 모양새가 있어야 하니 수익금의 60%를 기부한다고 할게요."

"그렇게나 많이요?"

"하하! 조금 많지만, 이익이 나야 그나마 60%도 낼 수 있으니까 최소한 손해는 보지 않을 거예요."

"물론 그렇긴 하죠. 역시 당신 생각은 멋져요."

삼열은 마리아의 칭찬을 들으며 미소를 지었다.

이제는 안다. 마리아가 의도적으로 틈만 나면 자신을 칭찬하는 이유를. 그녀는 누구에게나 칭찬을 아끼지 않으나 삼열에게 하는 말은 그녀의 진심이 담겨 있어 들으면 언제나 즐거웠다.

"난 조금 있으면 시합하러 가야 하는데, 마리아는 어떻게 할 거예요?"

삼열은 미처 티켓을 구입하지 못해 미안한 표정으로 바라보았다. 그러자 마리아가 아무렇지도 않게 대답했다.

"달링, 내 걱정은 하지 마요. 이곳에 왔으니 아빠를 만나고 오면 될 것 같아요."

"아버지?"

"네, 아빠가 워싱턴에서 근무하세요."

"아, 그렇군요."

삼열은 무슨 일을 하시냐고 물어보고 싶었지만 그녀가 먼저 이야기해 주지 않아 꺼려지는 바가 있었다.

미국 문화에 대해 잘 알지 못하는 삼열도 개인의 프라이버시에 대해 물어보는 것은 실례라고 들었다. 그런데 애인의 아버지 직업을 묻는 것이 실례에 속하는 것인지 아닌지를 알 수가 없었기에 결국 묻지 못했다.


삼열은 늦은 오후에 경기장으로 가서 몸을 풀고 경기가 시작되기 전까지 투구 훈련을 하였다.

공을 던지면 던질수록 강해지고 있는 것이 느껴져서 안심이 되었다.

몸이 변한 것에 익숙해지는 것은 시간이 아니라 노력이라는 사실을 깨닫고 삼열은 이를 악물고 연습을 거듭했다.

이날 경기에서 랜디 팍스는 6회까지 던지며 2실점으로 승리투수가 되었다.

이로써 2위와는 두 게임 차이로 벌어지게 되었다. 베일 카르도 감독은 입이 찢어질 정도로 좋아했다.

삼열이 경기가 끝나자마자 호텔로 돌아가려 하자 다른 선수들이 이상하다는 듯이 그를 바라보았다. 하지만 삼열은 신경 쓰지 않았다.

"벌써 가려고?"

"남아서 뭐해? 너랑 얼굴 맞대고 오페라라도 불러야 한다는 말이냐?"

삼열의 말에 존 레이가 고개를 좌우로 흔들며 삼열에게 어서 가라고 자리를 비켜주었다.

삼열은 바람처럼 호텔로 돌아왔지만 마리아는 아직 돌아오지 않았다.

# 7. 아! 마리아나

삼열은 실망하여 잠시 구겨진 휴지처럼 침대의 모서리에 누워 있다가 벌떡 일어나 운동을 하기 시작했다.

그가 운동한 지 한 시간 만에 마리아가 돌아와 아버지를 만난 이야기를 했는데 분위기가 이상했다. 뉘앙스가 꼭 정치하는 분 같았다. 무엇을 하는 분이든 아직은 그를 만나기 싫었다.

아직 치유되지 않은 상처를 안고 그녀의 부모를 만난다면 아물고 있는 상처가 다시 터지고 자신은 온전하지 못하게 될 것 같아 마리아의 아버지에 대해 자세히 묻지 못하였다.

고아라는 것이, 그리고 이 세상에 혼자라는 것이 그를 슬프게 했다. 누구의 잘못도 아닌데 세상에 필요 없는 잉여 인간처럼 느껴지는 것은 비참한 일이다.

부드러운 말로 숨겨진 비수를 아무도 모르게 휘두르면서도 점잖은 척하는 모습은 이제 더 이상 보고 싶지 않았다.

다시 상처를 받는 걸 아직은 감당할 자신이 없어 그는 마리아의 말에 침묵으로 대답했다.

마리아는 아빠를 만났던 기쁜 감정이 삼열과 이야기를 하면서 사라지는 것을 느꼈다.

삼열의 아픈 상처가 자신의 말로 인해 다시 벌어지는 것을 본능적으로 느낀 그녀는 화제를 다른 데로 재빨리 돌렸다. 그리고 삼열에 대해 좀 더 알 필요가 있다고 느꼈다.

단지 애인과 헤어진 것으로만 알고 있었는데 오늘 보니 뭔가 이상했다.

'그는 뭔가에 상처를 받았어. 그가 행복하기를 바라면서 그에 대해 잘 알지 못하다니, 그동안 나도 너무했구나.'

마리아는 자신의 성의 부족을 반성하며 삼열과 저녁을 보낸 후 다음 날 아침 비행기로 시카고로 돌아갔다.


컵스는 오후에 비행기를 타고 애리조나 다이아몬드백스로 날아갔다. 거기서 컵스는 1승 2패를 했다.

조금은 아쉬운 경기였지만 원정경기에서 3승 3패를 했으니 선전한 것이다. 작년이었다면 잘해야 2승을 챙기기도 쉽지 않았었다.

시카고로 돌아왔을 때 삼열은 구단 관계자로부터 쪽지를 받았다.

친애하는 삼열 강 선수에게.

오늘 내 딸 마리아나 맥클레인이 주님의 품으로 갔습니다. 그동안 마리아나를 행복하게 해주셔서 고마웠습니다.

당신의 영원한 팬 스티브가.

삼열은 엄청난 충격을 받았다.

유난히 창백한 얼굴을 하고는 '아빠가 행복하기를 원해요'라고 말했던 소녀가 이제는 이 세상에 없다. 헤어진 후에도 몇 번이나 이메일을 주고받아 친해졌다고 느낀 소녀였다.

삼열은 자신이 눈물을 흘리고 있는 것도 의식하지 못했다. 눈물 몇 방울이 카펫으로 굴러떨어졌다. 죽음은 그에게 너무나 익숙한 불행의 냄새였다. 부모님이 사고로 돌아가시고, 작은아버지가 조카를 상대로 사기를 치고, 자신은 루게릭병에 걸렸다. 그리고 지금은 피어보지도 못한 어린 꽃이 세상과 이별을 고했다.

삼열은 말없이 서 있었다. 삶과 죽음의 경계가 너무나 가까이에 있다는 것이 너무나 당혹스러웠다.

"하아~!"

입에서 나오는 작은 한숨이 차가운 에어컨 바람 속으로 사라져 버렸다.

'어떻게 한다?'

삼열은 자신이 왜 이렇게 마리아나의 죽음에 충격을 받는지 알 수 없었다. 단지 하얗고 창백한 작은 얼굴로 '아빠가 행복했으면 좋겠어요'라고 말했을 때 그 말 속에 담긴 아빠에 대한 사랑을 느껴서일까? 아니면 '너는 아빠의 기쁨과 자랑이야'라고 그녀에게 말해 줬을 때 안도했던 그 표정 때문일까?

그녀가 삼열을 좋아한 것은 아마도 파워 업이라는 구호 때문이었으리라. 힘을 내서 아빠의 짐이 되고 싶지 않았던 소녀의 마음은 죽음의 어둠이 삼켜 버렸다.

딸을 잃은 아버지의 비통한 마음이 짧은 글에 너무나 진하게 담겨 있어서였을까, 삼열은 그 이유를 알 수 없었지만 가슴이 쿵 하는 소리와 함께 심한 타격을 받았다. 작고 예쁜 소녀의 죽음이 결코 남의 일 같지가 않았다.

구단 사무실을 나오니 뜨거운 공기가 숨을 막히게 했다. 아직 여름이 되려면 멀었는데 오늘따라 날씨가 엉망진창이다. 그것이 꼭 자신의 마음 같아 삼열은 우울했다.

'좋았는데.'

새로 디자인된 파워 업 티셔츠도, 생산과 판매 진행도 순조롭게 돌아간다는 말을 들었다. 아직 매장에 물건이 공급되지는 않았지만 판매 시작이 어렵지 않다는 말을 들었다.

미뉴에트 사의 찰스 버콜리가 저번의 회동 후에 신경을 많이 쓰고 있었다. 아마도 미뉴에트 사가 적극적으로 나오는 이유 중의 하나는 날로 치솟고 있는 삼열의 인기 때문일 것이다.

삼열은 구단에서 연습장으로 가는 것을 포기하고 집으로 돌아왔다.

10분도 안 되는 시간 동안 어떻게 운전을 했는지 모른다. 어쩌면 삼열은 마리아나 맥클레인의 죽음을 통해 과거 자신의 모습을 떠올렸는지도 모른다. 언제 죽을지 모르던 공포스러웠던 과거의 기억이 그의 마음을 마구 헤집어놓은 것이다.

다행스러운 것은 오늘 시합이 없다는 것, 쉬어도 된다는 것이었다.

찬물로 샤워하고 나니 머리가 맑아지면서 충격에서 조금 벗어난 것 같았다. 그러나 이대로 있으면 안 될 것 같은 느낌이 너무도 강하게 들면서 초조해졌다.

삼열은 휴대폰을 집어 들었다.

"마리아."

─네, 달링. 무슨 일이에요?

"저번에 항공사에 아는 사람이 있다고 말했죠?"

─그렇기는 한데…….

"마리아나 기억해요?"

─예쁘고 귀여운 당신의 천사 팬요?

"그 아이가 어제 하늘나라로 갔어요."

─오 마이 갓! 어쩜, 어떻게 해요.

당황하였는지 수화기를 통해 들려오는 그녀의 목소리도 조금 갈라져 있었다.

어떻게 잊겠는가. 삼열이 이 소녀를 위해 경기장 표와 비행기 티켓까지 친히 보내주었던 것을.

"비행기 표를 구했으면 해요. 내일 아침 일찍 장례식에 참석할 수 있도록, 그리고 시합 전에 돌아올 수 있도록이요."

─네, 가능할 거예요.

마리아는 전화하면서 아버지의 비서 시몬 애덤스를 생각했다. 사실 지난번 티켓도 그가 구해준 것이었다.

'또 한 번 아저씨에게 부탁해야겠네.'

마리아는 삼열과 전화를 끊고 시몬 애덤스에게 전화를 걸었다.


삼열은 바로 비행기를 타고 휴스턴으로 날아갔다.

호텔에서 하룻밤을 묵고 아침에 일어나 택시를 타고 장례식이 거행되는 공원 입구로 갔다. 장례식은 다행스럽게도 쓸쓸하지 않은 분위기였다. 마리아나를 평소에 사랑했던 가족과 이웃이 모두 참석했다.

스티브 맥클레인이 삼열을 보고는 놀라 다가왔다. 설마 삼열이 올 줄 몰랐던 것이다.

"아, 삼열 강 선수. 와주셔서 고맙습니다. 마리아나가 무척 기뻐할 것입니다."

"안타까운 일에 뭐라 드릴 말씀이 없습니다. 마리아나가 얼마나 아빠를 사랑했는지 저는 알고 있습니다. 마리아나를 생각해서라도 힘내십시오."

"고맙습니다."

스티브는 슬픈 얼굴로 대답했다. 딸을 잃은 비통한 심정이 옆에 서 있는 것만으로도 진하게 전해졌다.

삼열도 그랬었다.

부모님이 돌아가셨을 때, 어렸지만 그 슬픔의 무게를 이길 수 없어 기절을 했었다. 그리고 단 한순간에 고아가 되어버렸다. 다정하고 자상한 부모님의 얼굴을 더 이상 보지 못하게 된다는 것이 무엇을 의미하는지 누구보다도 분명하게 알았다.

삼열은 장례식이 시작되는 광경을 말없이 지켜보았다. 작은 관이 보이고 목사의 기도가 있었다.

그녀가 얼마나 사랑스러웠는지, 그리고 그녀 때문에 얼마나 가족이 행복했는지 추모하는 짧은 시간이 있었던 후에 그녀는 정말로 세상과 안녕을 고했다.

삼열은 마리아나의 가족과 인사를 했다. 모두 인상들이 좋았다.

"제프 맥클레인이라고 합니다. 마리의 삼촌입니다."

"아, 삼열 강입니다."

"알고 있습니다. 우리 마리가 얼마나 삼열 강 선수를 좋아했는지. 그래서 우리도 그녀를 따라 기꺼이 당신의 팬이 되기로 했습니다. 마리아나는 정말 사랑스러운 아이였지요."

"저도 압니다. 안타까울 뿐입니다."

"조세핀 맥클레인 부인입니다. 마리의 새엄마죠."

상냥하게 생긴 중년의 부인이 삼열과 인사를 했다. 그리고 그의 옆에는 다섯 살 정도로 보이는 작은 아이가 있었다.

"마리의 동생 마이클이에요."

작은 남자아이가 눈을 크게 뜨고 삼열을 바라보고 있었다. 삼열은 마이클에게 가볍게 인사를 하고는 서둘러 그들과 헤어졌다. 바쁘게 다시 공항으로 가야 오늘 저녁에 있을 시합에 출전할 수가 있기 때문이다.

삼열이 부지런히 걸어 공원을 빠져나오는데 뒤에서 클랙슨 소리가 들려왔다. 삼열은 고개를 돌려 차를 바라보았다.

"삼열 강 선수, 어디로 가나요?"

파란색 BMW가 삼열의 옆에 섰다. 삼열은 창문 밖으로 얼굴을 내밀고 있는 남자를 바라보았다. 30대 초반으로 보이는 그는 매우 명랑한 성격으로 보였다.

"공항으로 갑니다."

"타요. 데려다줄게요."

"정말요?"

"마리의 장례식에도 참석해 주었는데 그 정도도 못하겠어요?"

"감사합니다."

삼열이 차에 타자 파란색 BMW가 속도를 내기 시작했다.

"급한가요?"

"조금요. 오늘 저녁에 선발 등판해야 하거든요."

"오, 맙소사. 형에게 이야기를 들었지만 믿지 않았었는데 정말이었군요. 전 에드워드 맥클레인이라고 합니다. 스티브의 배다른 동생이라고 보시면 빠를 겁니다."

"아, 그럼 삼촌이군요."

"뭐, 그런 셈이죠. 그런데 어떻게 오셨나요?"

"마리아나는 제 팬이면서도 왠지 동생 같은 느낌이 들었었죠. 아빠를 무척 좋아하고 아빠가 행복하기를 원한다는 말에 감동받았어요. 이렇게 빨리… 아, 이렇게 될 줄은 예상도 못했어요."

왠지 울컥하는 마음에 삼열의 목소리가 잦아들었다.

"마리는 사랑스러운 아이였죠. 그 아이를 아는 모든 사람은 그녀를 사랑하지 않을 수 없어요. 신이 사랑하는 사람은 빨리 데려간다더니… 너무나 안타깝습니다. 스티브 형은 생명이 얼마 남지 않은 딸과 함께 있으려고 무진장 노력했었죠. 그 좋은 직장도 그만두고, 또 새로 옮긴 직장에서조차 잘렸어요."

에드워드 맥클레인의 말에 삼열은 말없이 고개를 끄덕였다.

"뭐, 이해는 갑니다. 아무리 유능해도 시도 때도 없이 자리를 비우는 직원을 어떤 고용주가 내버려 두겠어요. 그래도 최근에 마리가 삼열 강 선수의 팬이 되고 나서는 많이 명랑해지고 활발해져 병세가 호전된 줄 알았는데… 그게 아니었던 것 같습니다."

에드워드도 이 말을 하고는 입을 다물었다. 공항에 도착할 때까지 둘은 말없이 가만히 있었다. 말을 조금이라도 하게 되면 슬픔이 불현듯 엄습할 것 같았다.

"아, 삼열 강 선수. 죄송한 이야기지만 사인을 해주실 수 있습니까? 다음에 마리에게 갈 때 자랑하고 싶습니다."

"아, 물론이죠."

삼열은 늘 가지고 다니던 가방에서 야구공을 꺼내 사인을 했다.

마리아나, 하늘에서도 나의 팬이 되어줄 천사를 위해 퍼펙트게임으로 보답할게.

에드워드는 야구공을 아주 소중하게 두 손으로 감쌌다. 그의 눈에서는 눈물이 소리 없이 흘러내렸다. 그 모습을 보니 삼열도 눈물이 나올 것 같아 서둘러 인사를 하고는 차에서 내렸다. 순간적으로 눈가에 눈물이 고여 눈앞이 부옇게 되었다.

삼열은 그래도 다행이라고 생각했다. 마리아나가 얼마나 많은 사람에게 사랑을 받았는지를 안 것은 그에게 위로가 되었다.

천사가 하나님 품으로 돌아갔으니 남은 가족들도 행복하기를 빌며 삼열은 비행기에 올랐다. 그리고 삼열은 공항에서 내리자마자 택시를 타고 경기장으로 향했다. 경기 시작까지는 몇 시간도 남지 않았다.

$$*\qquad*\qquad*$$

경기장에 도착하니 이미 선수들이 몸을 풀면서 시합을 준비하고 있었다. 베일 카르도 감독이 삼열에게 다가와 말없이 그의 어깨를 두드리고 지나갔다. 동료들도 애잔한 눈빛으로 삼열을 바라볼 뿐이었다.

그것을 보면서 삼열은 마리아가 구단에 자신의 이야기를 한 것이라고 짐작했다. 그렇지 않으면 이런 반응이 나올 수 없었다. 시합이 시작되기 불과 두 시간도 안 남기고 나타났는데 아무 말도 없이 넘어간다는 것은 있을 수 없는 일이었다.

삼열은 시합에 앞서 마운드에 서서 공을 던졌다. 공 끝이 춤추듯 날아갔다. 공을 받던 스티브 칼스버그가 고개를 끄덕이며 공이 좋다고 소리쳤다. 약간은 마음이 놓이며 안정되었다. 그러자 그동안 그렇게 격정적인 감정이 잦아들기 시작했다.

삼열은 이것이 인생이라고 생각했다.

누구는 살며 누구는 죽는 것이 알 수 없는 영혼의 세계이며 그 영혼이라는 것에 자신감이 없었지만, 없다고 단언할 수도 없었다. 살아남은 자는 단지 열심히 살 뿐이다. 그것뿐이다.

이렇게 생각하자 슬픔에서 한결 자유로워진 것 같았다.

'너를 위해 퍼펙트게임을 할게.'

삼열은 퍼펙트게임을 한다고 마리아나가 좋아할 것이라고는 생각하지 않았다. 하지만 야구선수인 그가, 투수인 그가 할 수 있는 일은 이것밖에 없다.

"파워 업!"

삼열은 일부러 큰 소리로 외쳤다. 그러자 1루 쪽의 관중석에서 그를 따라 파워 업을 하는 소리가 메아리처럼 울렸다. 미리 와서 경기장에 들어온 관중들이 삼열의 파워 업에 호응해 왔던 것이다.

그리고 얼마 지나지 않아 상대 팀 선수들이 그라운드에 나타났다. 상대는 샌프란시스코 자이언츠다.

샌프란시스코 자이언츠는 1879년에 창단된 구단으로 월드 시리즈에서 6회, 내셔널 리그에서 17회의 우승을 한 명문팀이다. 최근에는 2010년에 월드 시리즈 우승을 경험했다.

유명한 선수로는 메이저리그에서 가장 완벽한 선수로 일컬어지는 윌리 메이스, 통산 최다승 3위에 오른 크리스티 매튜슨, 그리고 누구나 다 아는 배리 본즈가 있다.

윌리 메이스는 타격의 교과서, 타격의 신이라 일컬어지는 테드 윌리엄스가 '올스타전이 만들어진 것은 모두 윌리 메이스를 위한 것이다'라고 극찬할 정도로 뛰어난 선수였다.

크리스티 매튜슨은 스크루볼을 완벽하게 던질 줄 아는 투수로, 선발 경기의 79%를 완투, 그리고 14년간 연평균 321이닝을 던졌다.

데드볼 시대의 투수라 해도 엄청난 기록의 소유자로, 최근 삼열이 배우려고 눈독을 들이고 있는 스크루볼러였다.

배리 본즈는 762개의 홈런 신기록을 이룩했지만 약물을 복용한 것으로 드러나 명예에 빛이 바랬다.

샌프란시스코 자이언츠는 현재 투수 왕국이라고 할 수 있다.

가장 강력한 투수는 팀 린스컴. 그는 2008, 2009년에 사이영상을 수상하고 4시즌 연속 200이닝을 소화한 이닝 이터로 팀의 에이스 역할을 잘 수행했다.

그러나 올해는 그가 승리하면 놀랄 정도로 성적이 부진하였다. 1승 5패 방어율은 무려 6.42다. 오히려 무명의 매디슨 범거너가 5승 1패 3.27의 평균자책점으로 선전하고 있었다. 그의 호투 덕에 자이언츠는 서부 지구 2위를 달리고 있다.

오늘의 선발 투수는 JP.이디어. 그는 2012년 6월에 퍼펙트게임을 한 투수라서 이번 경기의 표는 이미 예전에 매진되었고 현장 판매도 아침에 다 팔렸다. 퍼펙트게임을 한 JP.이디어와 노히트 노런을 한 삼열 강의 대결이라 최근에 가장 핫한 빅매치로 주목받고 있는 경기였다.

하지만 엄밀히 말하면 모든 부분에서 차이가 났다. JP.이디어와 삼열이 퍼펙트게임과 노히트 노런의 달성자이기는 해도 공의 속도나 방어율은 비교 불가다.

JP.이디어가 대단한 투수이기는 하나 직구의 스피드는 95마일을 넘지 않으며 평균자책점도 2.62로 매우 우수하였지만 삼열의 0.4와는 비교조차 안 된다. 그러나 연봉은 J.P.이디어가 무려 삼열의 46배에 달한다.

샌프란시스코 자이언츠는 J.P.이디어와 2017년까지 5년간 1억 1,200만 달러에 재계약했다.

옵션이 모두 달성된다면 매년 2,240만 달러를 평균적으로 받게 된다. 삼열의 연봉은 올해 48만 달러. 물론 사이닝 보너스도 없어 구단이 따로 챙겨주지 않으면 그것으로 끝이다.

삼열은 연습구를 던지며 제구를 살펴보았다. 오늘은 다행스럽게도 원하는 대로 공이 들어갔다. 흔들리던 제구도 지난번보다는 한층 안정되었다.

'오늘은 마리아나, 너를 위해 최선을 다하겠어.'

삼열은 이런 자신의 생각이 감상적이라는 것을 잘 알고 있다. 하지만 마리아나는 그의 몇 되지 않는 팬 가운데 가장 정이 가던 아이였다. 아팠던 그녀의 모습에 자신의 옛 모습이 투영되어서인지 아니면 그녀의 마음이 착해서인지는 모르지만 마음이 많이 갔었다.

삼열은 운동장을 잠시 돌았다. 호흡을 길게 하고 하늘을 올려다보았다. 눈부시게 푸른 하늘이 오늘은 왠지 어색했다.

연습을 마치고 삼열이 1루로 가자 아이들이 몰려들었다.

삼열은 아이들을 보니 마음이 안정되며 기분이 좋아졌다. 적어도 경기장을 찾는 아이들은 한없는 긍정의 에너지를 뿜

어내고 있다. 삼열은 그들이 신나 하며 즐거워하는 모습을 볼 수 있어 좋았다.

"헤이, 안녕!"

삼열이 몰려든 아이들에게 인사를 하자 아이들은 차례로 줄을 서 사인을 받고 사진도 찍었다. 여자아이들은 은근히 다가와 포옹을 하곤 했다.

선수들은 그런 그를 부러운 표정으로 바라보았다. 컵스의 다른 선수들이 사인을 해줘도 언제나 들려오는 소리는 파워 업뿐이었다.

"아, 내가 먼저 저렇게 해야 했는데."

아직도 삼열에게 경쟁의식을 조금 가지고 있는 로버트가 한숨을 쉬며 말했다. 그 모습을 보고 같은 도미니카 공화국 출신의 스트롱 케인이 피식 웃으며 말했다.

"결정적으로 넌 돈을 안 쓰잖아."

스트롱 케인의 말에 로버트가 갑자기 입을 닫고 조용해졌다.

그에게는 부모님과 동생들이 있었고 삼열처럼 많은 계약금을 받지 못했다. 삼열과 같이 올해에 풀타임 메이저리거가 되었으므로 그동안 그는 경제적인 여유가 없었다. 동생들을 사랑하는 그는 동생들을 모두 대학까지 보낼 생각이다.

동생들은 야구에 재능이 없다. 마치 하늘에서 뚝 떨어진 것처럼 그는 다른 형제들과는 달리 천부적인 재능을 타고났다.

물론 그보다 뛰어난 재능을 가진 메이저리거는 밤하늘의 별처럼 많다. 그래서 죽도록 연습에 연습을 거듭했다. 그리고 그 결과 그는 당당히 풀타임 메이저리거가 되었다.

풀타임 메이저리거가 된 후 3년이 채 되지 않아도 연봉은 성적에 따라 많이 올라간다. 마틴 스트라우스가 사이닝 보너스로 750만 달러를 챙길 수 있는 것처럼 메이저리그에는 공짜가 없다.

삼열은 오늘도 100개의 공을 나눠주며 아이들에게 말했다.

"다음에는 멋진 티셔츠를 주마. 꼭 와서 받아가기를 바라."

"와아~! 62번이 달린 저지인가요?"

"62번은 달렸지만 파워 업이 새겨진 옷이란다."

"와아!"

"오! 꼭 와야지."

"난 아빠가 1년 회원권을 끊었어. 당연히 다음 경기에는 꼭 올 거야."

아이들은 티셔츠를 준다는 삼열의 말에 깡충깡충 뛰며 좋아했다. 남들보다 먼저 좋은 옷을 입을 수 있다는 것, 특히 그의 사인이 담긴 셔츠를 입는 것은 아이들에게는 꿈만 같은 일이었다.

아이들은 안다. 그가 비록 1년 차 메이저리거지만 이미 노히트 노런을 한 선수라는 것을. 그리고 103마일의 공을 던지는 투수라는 것도.

시간이 임박해 삼열은 마운드로 돌아왔다. 경기가 시작되고 삼열은 마운드에 서서 공을 던졌다. 공이 날아가다가 타자 앞에서 미끄러지듯 옆으로 휘어졌다.

1번 타자 디미트리히는 힘껏 배트를 휘둘렀다. 그러나 공은 포수의 미트에 그대로 박혔다.

펑.

"스트라이크."

디미트리히는 자신의 눈을 의심했다. 분명 노리고 쳤는데 어느새 공은 지나간 다음이었다. 그리고 공이 눈앞에서 확 변하자 몸이 저절로 움찔하여 제대로 타격을 하지도 못했다.

그는 작년에 캔자스시티 로열스에서 트레이드되어 왔다. 그리고 올해 최고의 시즌을 보내고 있었다. 1번 타자로서는 드물게 타율이 무려 0.353에 홈런도 다섯 개나 있었다. 게다가 그는 현재 내셔널 리그 타율 2위, 최다 안타 1위를 하고 있었다.

삼열은 다시 공을 던졌다. 포심 패스트볼이 섬광처럼 날아가 미트에 박혔다.

펑.

"스트라이크."

전광판에 104마일이 찍혔다. 그러자 경기장은 일순 정적에 싸인 듯 조용해졌다가 엄청난 박수와 함성으로 바뀌었다.

시속 166㎞/h의 공을 누가 칠 수 있단 말인가!

디미트리히도 꼼짝도 못하고 엄청난 공에 두려워 떨었다. 칠 수 없는 공, 게다가 잘못 제구가 되어 자신에게 날아온다면 생각만으로도 끔찍했다. 그는 은근히 엉덩이를 슬쩍 빼며 뒤로 물러났다.

디미트리히는 겁이 났다.

메이저리그에서 몸에 공을 맞는 것은 타자라면 누구나 한두 번은 경험하는 일이지만 저런 무지막지한 공에 맞는다는 것은 생각만 해도 타격 의욕이 꺾였다.

저런 공에 맞았다고 따로 하소연할 데도 없다. 그야말로 사고니까.

투수라고 자신이 던지는 모든 공을 제어할 수 있는 것은 아니다. 투수 중 그 누구도 히트 바이 어 피치드 볼을 던지고 싶어 하는 선수는 없다. 제구가 안 되어 실투로 홈런도 맞고 볼넷을 주기도 하는 것이다.

펑.

다시 섬전같은 공이 날아와 포수의 미트에 꽂혔다.

"스트라이크."

디미트리히는 배트를 휘둘러보지도 못하고 삼진을 당했지

만 오히려 홀가분하다는 표정을 지으며 타석을 벗어났다. 그리곤 더그아웃으로 들어가면서 몸을 부르르 떨었다.

그는 투수에게서 느꼈던 광기와도 같은 투기에 공포를 느꼈다. 야구도 살아 있는 다음에 하는 것이다. 타율이 조금 깎이겠지만 오늘은 절대로 무리를 하지 않겠다고 디미트리히는 결심했다.

2번 타자 조엘 산체스가 디미트리히의 표정을 보고 고개를 갸웃거리며 타석에 들어섰다. 그러나 그도 삼열의 초구를 보고는 엉덩이를 뒤로 빼기 시작했다.

미국인들은 유난히 역경을 극복한 사람을 존경한다. 조엘 산체스가 바로 그런 선수다. 그는 어릴 때부터 오른쪽 발이 왼쪽보다 반 치수 작았다. 게다가 그는 심한 안짱다리라 어린 시절에 수술을 받아야 했으며, 잘못하면 걷지도 못할 것이라는 의사의 말을 들었다.

하지만 조엘 산체스는 깁스한 다리로 걸음마를 배웠다. 그는 오늘날에도 여전히 오른쪽 다리를 강화하는 운동을 하고 있다.

그는 공의 스피드도 무섭지만 투수의 눈이 더 무서웠다. 자신을 노려보는데 섬뜩한 것이 그냥 다리에서 힘이 쭉 빠졌다. 그러자 자연 엉덩이가 뒤로 빠지면서 홈 플레이트에서 가능한 멀어지려고 했다.

삼열의 눈은 까불면 죽는다고 말하는 것 같았다. 삼열의 무거운 마음, 슬픔이 타자들에게는 이렇게 전달된 것이다.

조엘 산체스는 작년에 부상으로 인해 불과 21경기밖에 출장하지 못하여 4할 타율을 기록했지만 공식적으로 인정받지 못했다.

올해는 재기에 성공하였지만 여전히 많은 경기에 출장하지 못하고 있다. 만약 그가 모든 경기에 나서게 된다면 그의 연봉은 1천만 달러 이상이 될 것이다. 그의 올해 연봉은 600만 달러였다.

그는 날아오는 공을 툭 쳤다. 휘두른다고 한 것이 그냥 갖다 댄 것이었다. 유격수 스트롱 케인이 타구를 잡아 재빠르게 1루로 송구했다. 당연히 타자는 아웃이 되었다.

3번 타자로 나선 하비 산도발은 2구 만에 플라이 아웃이 되고 말았다. 삼진을 당하지 않으려고 배트를 휘둘렀지만 공을 제대로 맞히지 못했다. 자이언츠 타자들은 포심 패스트볼은 건들지도 못하고 변화구나 컷 패스트볼을 건드리다가 아웃되고 말았다.

삼열이 마운드에서 내려가자 박수와 함께 파워 업 소리가 들렸다. 이제 파워 업은 시카고 컵스 구단의 구호가 되었다.

1루수 존 레이가 삼열의 어깨를 툭툭 치며 격려했다. 삼열도 그를 보며 웃었다. 어쨌든 살아 있으니 일을 해야 하고, 가능한 행복한 일을 하면 좋고, 그게 안 되면 지금 하는 일을 행복하게 하면 된다.

삼열은 야구를 하는 것이 행복했다. 야구를 하면서 사랑하는 사람들을 만났고 마리아나처럼 예쁘고 귀여운 팬도 얻었다. 그에게 야구는 인생이며 행복이다.

샌프란시스코 자이언츠 선수들은 그라운드로 나가면서 풀이 죽어 있었다.

작년에는 물방망이라는 조롱을 받았었다. 올해 간신히 그런 조롱에서 벗어났으나, 그렇다고 갑자기 불방망이가 된 것은 아니었다. 작년보다 아주 조금 나아졌을 뿐이었다.

JP.이디어 투수는 마운드에 섰다. 그의 올해 평균자책점은 2.62로 메이저리그 7위에 랭크되어 있다. 하지만 삼열의 자책점보다는 무려 6.55배나 높은 수치였다.

메이저리그는 삼열의 진가를 인정해 주기 시작했다. 삼열은 여섯 경기에 나와 5승 1패를 했고 자책점은 0.4다. 아직은 시즌 초반이라 전문가들도 조심스럽게 전망을 하고 있지만 삼열이 규정 이닝만 채우면 신인왕과 사이영상은 따 놓은 당상이라고 보고 있었다.

물론 시즌 내내 이런 성적을 유지할 수는 없을 것이고 삼열의 구질이 분석되면 그만큼 더 공략하기가 쉬워질 것이다. 하지만 적어도 지금까지 삼열의 공은 언터처블이었다.

삼열의 뒤를 이어 2위는 1.99의 방어율을 가진 컵스의 라이언 호크다. 그는 6승 1패로 R 디메인과 공동 1위다. 오늘 삼열이 승리투수가 되면 그도 다승 공동 선두에 오르게 된다.

올해 시카고 컵스의 가장 큰 장점은 부상 선수가 적다는 것이다. 이는 작년 스토브 리그에서 훈련을 강하게 한 효과였다.

유일한 부상 선수가 존 마크인데 그는 장출혈로 30일 DL에 올랐다.

그를 대신하여 후보로 있던 헨리 아더스가 뛰고 있는데 수비에서 가끔 실수하지만 타격에서는 존 마크와 비교가 되지 않을 정도로 잘해 베일 카르도 감독에게 고민을 안겨다 주었다.

삼열은 바람이 불자 마운드를 바라보았다. JP.이디어가 연습구를 마치고 빅토르 영을 상대할 준비를 했다. 그는 체인지업, 커브, 슬라이더가 좋다. 94마일의 직구와 85마일의 슬라이더, 커브와 체인지업은 낙차가 상당히 크다.

JP.이디어는 삼열의 구위를 보고 놀랐는지 상당히 긴장한 듯했다. 그는 2005년 메이저리그에 데뷔한 이래 꾸준한 성적을 보였지만 정상급 투수가 된 것은 2009년부터라고 볼 수 있다. 팀 린스컴이 없었다면 자이언츠의 에이스가 되었을 것이다.

그러나 그에게는 불같은 강속구가 없다. 90마일 초반대의 직구와 현란한 변화구로 상대 타자를 잡는 투수였다.

빅토르 영은 날카롭게 휘어지며 들어온 슬라이더를 보고 눈을 빛냈다. 역시나 좋은 투수였다.

펑.

"스트라이크."

빅토르 영은 배트를 좌우로 흔들어보고 다시 타석에 섰다. 요즘 그는 타격에 물이 오른 상태였다. 1번 타자치고는 꽤나 높은 0.283의 타율에 52안타, 2홈런을 기록 중이다.

제2구는 낙차가 굉장히 큰 커브였다. 빅토르 영의 배트는 허공을 갈랐다. 배리 본즈와 같은 슬러거가 아니라면 정상급의 투수들은 좀처럼 실수하지 않는다.

한 방이 있는 선수가 메이저리그를 점령하는 이유는 투수를 긴장시키기 때문이다. 제구력이 좋은 투수들은 안타를 두려워하지 않는다. 다음 타자를 잡으면 되기 때문이다.

그러나 홈런 타자는 그렇게 하기가 쉽지 않다. 일단 맞으면 넘어가니까 말이다. 그러니 최대한 실수하지 않으려고 제구에 최선을 다한다. 그러다가 긴장하면 오히려 실투를 던지게 되고 홈런도 맞게 된다.

다음 공은 볼이었다. 잔뜩 벼르고 있는 빅토르 영의 타이밍을 위해 공 하나를 그냥 던진 것이다. 이후 현란한 체인지업에 빅토르 영은 삼진을 당하고 말았다.

스트롱 케인이 뒤에서 그 모습을 지켜보았다. 그는 타석에 들어서 투수를 노려보았다. 아직은 장타력이 달려 투수들에게 위압감을 주지는 못하지만 굉장히 까다로운 선수였다. 그는 올해 타율이 0.291에 네 개의 홈런이 있다.

JP.이디어가 공을 던졌다. 공이 날아오다가 타자 앞에서 변했다. 브레이킹이 심해 스트롱 케인의 배트가 허공을 갈랐다. JP.이디어는 긴장했지만 공을 던지면서 점점 안정을 찾아가고 있었다.

반면 스트롱 케인도 입가에 미소를 띠었다. 변화구 다음에는 직구가 이상적인 배합이다. 물론 역으로 허를 찌른다는 의도로 다시 변화구가 들어올 수도 있다.

JP.이디어는 스트롱 케인의 여유로운 모습이 조금 거북했지만 신경 쓰지 않고 공을 다시 던졌다.

펑.

"볼."

기다리던 직구가 아니었다. 하지만 이제는 타자가 유리해졌다. 왜냐하면 투수가 의도한 대로 제구가 안 되든지, 유인구로 던졌는데 타자가 따라오지 않았다면 다음 공은 보다 정직한 스트라이크를 던져야 하기 때문이었다.

관중석에서 노래가 들려왔다.

"에에에에, 파워 업, 에에에에, 파워 업."

무슨 뜻인지 모르지만 누군가가 그렇게 하면서 자연 리듬이 실린 파워 업이 나타나게 되었다.

더그아웃에서 삼열은 그 소리를 듣고 이참에 응원가를 한 번 만들어보는 것도 좋을 것 같다는 생각을 했다. 물론 자신이 주인공이 되는. 그 생각으로 흐뭇한 미소를 짓고 있는데 딱 하는 소리와 함께 함성이 들려왔다.

"와아!"

좌중간을 가르는 안타였다. 삼열은 '어~ 안타네' 하고 나른한 목소리로 말했다. 그러나 이안 벅스가 나가 삼진으로, 레리 핀처가 외야 플라이로 아웃되면서 1회 말이 득점 없이 끝났다.

삼열은 마운드로 가면서 미소를 지었다. 관중이 그에게 환호를 보냈고 하늘은 티 없이 맑았다. 조금씩 어둠이 리글리 필드를 향해 다가오고 있었지만 아직은 그 세력을 넓히지 못하고 있었다.

바람이 잔잔하게 부는 맑은 날씨로 인해 사람들은 야구를 맘껏 즐기고 있었다.

역시나 가장 신이 난 것은 음식을 파는 곳이었다. 저녁 시간과 맞물려 있어서 저녁을 준비해 오지 않은 관중들은 줄을 서서 햄버거와 소시지를 샀다.

드디어 자이언츠의 미래라고 할 수 있는 베일 포즈가 타석에 들어섰다. 신인왕 출신의 그는 현재 타율이 0.289에 6홈런을 기록하고 있다.

중심 타선인 그와 허프가 제 역할을 해줘야 샌프란시스코 자이언츠의 플레이오프 출전이 가능해진다.

삼열은 공을 던졌다. 공이 춤을 추듯 포수의 미트로 빨려들어갔다. 베일 포즈는 눈을 뜨고도 그대로 공을 흘려보냈다. 말 그대로 엄청난 공이었다.

펑.

"스트라이크."

베일 포즈는 입술을 깨물고 배트를 힘껏 움켜잡으며 흔들리는 마음을 다잡았다.

삼열은 공을 다시 던졌다. 포즈가 배트를 힘껏 휘둘렀다.

"엇!"

"헉."

"뭐야?"

"이런 젠장, 맙소사."

여기저기서 비명에 가까운 소리들이 튀어나왔다. 그가 힘껏 휘두른 배트가 손을 벗어나 1루 쪽으로 날아가 버린 것이다. 그리고 그 배트에 관중 한 사람이 맞아 쓰러졌다.

"오 마이 갓!"

포즈도 머리를 두 손으로 움켜잡으며 어쩔 줄을 몰라 했다. 즉각 경기는 중단되었고 의료진들이 급히 투입되었다. 의사가 쓰러진 어린 소년의 눈을 뒤집어보고 조치를 취했다. 한참 지나 소년은 깨어났고 병원으로 이송되었다.

의사가 일단 소년에게 별다른 증상은 나타나지 않는다는 소견을 말하자 장내 방송을 통해 관중들에게 그 사실이 알려졌다.

관중들은 안도의 한숨을 내쉬었다. 손에서 미끄러진 배트 때문에 마음을 졸이던 포즈도 비로소 얼굴을 폈다.

경기는 속개되었고 포즈는 삼진을 당했다.

5번 타자로 안드레 파간이 나왔다.

타격 실력은 자이언츠에서 그런대로 먹어주는 정도였으나 수비를 엄청나게 못하는 그가 그나마 자이언츠에서 버틸 수 있는 것은 철벽의 마운드 덕분이었다. 그는 평균 세 게임에서 한 개의 실책을 범할 정도로 수비가 나쁘다.

삼열이 공을 던졌다. 안드레 파간이 배트를 빠르게 휘둘렀다.

딱.

삼열은 자신의 얼굴로 날아오는 공을 재빨리 피했다. 투구를 하고 나서 완전하게 자세를 잡지 못한 상태에서 날아온 공이라 어쩔 수 없었다. 그러나 역시 로버트의 수비는 기가 막했다. 삼열이 피하자 재빨리 낙하지점에 가서 바운드된 공을 잡아 1루로 던졌다.

"아웃."

이어 네이트 홀스가 타석에 들어섰으나 원래 타격이 시원치 않았던 그는 그대로 3구 만에 삼진 아웃을 당했다.

삼열이 더그아웃으로 들어가는데 로버트가 뛰어와 그의 어깨를 두드리고는 씨익 웃으며 그를 스쳐 지나갔다.

'아휴, 저게 그냥.'

그는 격려나 위로랍시고 하는 모양이었지만 삼열에게는 '봤지? 내가 이 정도야'로 해석되었다.

삼열은 더그아웃에 들어가 의자에 앉아 눈을 감았다. 그러자 시끄러운 소리가 모두 사라지며 내면의 조용한 소리만 들려왔다. 그리고 창백한 얼굴의 마리아나가 아빠와 환하게 웃고 있는 것이 보였다. 삼열은 잠시 움찔했지만 곧 미소를 지었다.

사랑은 행복한 것이다. 믿고 의지할 수 있으며 마음을 나눌 수 있는. 마리아나는 그런 의미에서 짧지만 행복한 삶을 살았다. 그 생각을 하자 그의 마음도 차분해지며 의식의 저 밑바닥에서 따뜻한 기운이 들어왔다. 그것은 행복이었다. 마음이 한없이 따뜻해졌다.

삼열은 엄청난 함성에 눈을 떴다.

"와아!"

"홈런이야."

헨리 아더스가 홈런을 치고 1루를 돌아 2루로 뛰고 있었다.
마운드에서는 JP.이디어가 허탈하게 웃으며 서 있었다.

"워, 아기가 엄청난데."

"그러게. 존 마크가 돌아와도 자리가 없겠어."

"감독이 고민스럽겠군. 하지만 뭐, 결론은 뻔하지."

"어떻게요?"

다비드 위드와 라이언 호크가 이야기하는 중간에 끼어든
삼열이 질문했다.

"뭐, 플래툰 시스템으로 한동안 유지되다가 못하는 녀석이
아웃이겠지. 큰 경기에는 존 마크, 안정적이고 점수가 요구되
는 경기에는 헨리를 내보내겠지."

"흠, 그렇겠군요."

플래툰 시스템은 한 포지션에 기량이 비슷한 선수를 번갈
아 기용하는 것을 말한다.

양키스의 케이시 스텡걸 감독이 처음 사용한 이 시스템은,
한마디로 죽도록 경쟁해서 하나는 남고 하나는 아웃되는 시
스템이다.

최희섭이 메이저리그에서 왼손 투수에 약하자 다저스의 감

독은 그를 숀 그린과 경쟁하도록 하기도 했다.

한마디로 존 마크가 살아남으려면 공격을 보완하든지 아니면 헨리 아더스가 수비를 보완하든지 둘 중의 하나가 무게 중심을 흩어놓아야 끝나는 시스템이다.

삼열은 라이언 호크의 말에 고개를 끄덕였다. 메이저리그에서 살아남으려면 어쩔 도리가 없다. 실력으로 자신의 존재 가치를 증명하는 수밖에.

헨리는 더그아웃에 들어오자 동료들의 환영을 받았다. 삼열도 나가 그를 축하해 줬다. 어쨌든 그 때문에 점수가 앞서가게 되었으니 기분이 좋았다.

하지만 다음 타자 세 명이 내리 아웃되면서 2회가 끝났다. 삼열은 천천히 마운드로 올라가 타석을 바라보았다.

7번 타자 브라이언이 배트를 움켜쥐고 삼열을 노려보았다.

'어쭈, 이게.'

삼열은 스티브 칼스버그의 사인을 무시하고 안쪽으로 강속구를 뿌렸다. 특히나 높은 공이었기에 엉겁결에 배트가 따라 나왔지만 브라이언은 무척이나 놀란 표정을 지었다. 미트에 퍼엉 하고 박히는 소리를 듣자마자 간이 철렁했다.

밖에서 보는 것과 막상 타석에 들어서서 느끼는 것은 전혀 달랐다.

빠르기도 문제지만 묵직함이 더 중요하다. 빠르고 가벼운 공은 정확히만 맞으면 생각 외로 쉽게 홈런이 된다. 하지만 무거운 공은 맞아도 뻗어 나가지를 못해 외야 플라이가 된다.

"하아."

브라이언은 나지막하게 한숨을 내쉬었다. 그리고 앞으로 내밀었던 어깨를 뒤로 뺐다. 그러고 보니 언뜻 상대 투수가 악동이라는 소리가 생각났다. 그러자 엉덩이는 더욱 뒤로 빠졌다. 미트에 박혔던 엄청난 소리가 그의 간을 더욱 작게 만들었다.

100마일, 100마일 하더니 정작 경험해 보니 엄청났다. 그제야 이전의 타자들이 왜 엉거주춤한 타격 자세를 취했는지 이해가 갔다.

삼열이 컷 패스트볼을 던지자 배트가 따라 나왔다. 딱 하는 소리와 파삭 하는 소리가 동시에 들려왔다.

데굴데굴.

타구가 투수 앞으로 굴러갔고 배트는 부러져 1루 쪽 라인까지 날아갔다. 삼열은 굴러오는 공을 잡아 1루에 던졌다.

원 아웃에 8번 브래드 지토가 나와 삼구 삼진을 당했다.

9번 타자는 JP.이디어 투수로 그는 얌전하게 타석에 서 있다가 내려갔다. 3회 초가 쉽게 끝나고 다시 컵스의 공격이 시작되었다.

삼열은 보호 장비를 착용하느라 시간이 걸렸다. 공수 교대가 되는 시간 외에 더 시간이 지체되었으나 주심은 아무 말도 하지 않고 그를 기다려 주었다. 여기는 컵스의 홈구장인 리글리 필드다.

삼열이 타격 준비를 하자 파워 업 소리가 더욱 크게 울려 퍼졌다. 삼열은 그 소리를 들으며 속으로 생각했다.

'뭐야? 나보고 안타라도 치라는 거야?'

삼열은 입을 내밀고 타석에 섰다. 그리고 불현듯 JP.이디어도 자신과 같이 수없이 많은 시간을 공을 던지기 위해 노력을 했을 텐데 자신이 그를 농락해도 되나 하는 생각이 들었다. 하지만 오늘은 마리아나를 위해 그를 희생시켜야 한다.

JP.이디어가 던진 공이 한눈에 보일 정도로 뚜렷하게 들어 왔다. 빨간 실밥이 어두워지는 주위를 밝히는 횃불 같았다. 삼열은 반사적으로 배트를 휘둘렀다.

딱.

타구는 2루수의 키를 넘어 중견수의 바로 앞에 떨어졌다. 중견수가 흘깃 1루를 보더니 천천히 2루로 던졌다. 1루에 멈춰선 삼열은 1루 코치에게 보호 장비를 벗어줬다.

'오늘은 도루해야 할까?'

도루한다고 달라지는 것은 없다.

삼열은 자신이 필요 이상으로 컵스에 헌신한다고 생각했다.

이제는 메이저리그에서 자리를 잡았으니 설렁설렁해도 괜찮을 것이라는 생각이 들었지만, 시합은 팀을 위한 것이면서 동시에 자신을 위한 것이기도 했다. 그러니 대우가 약하다고 아무렇게나 할 수는 없다.

어차피 올해의 기록은 내년 연봉 협상에 반영될 것이고 그 이후의 모든 협상에도 영향을 미칠 것이다. 기록은 변하거나 없어지지 않으니 말이다. 하지만 오늘 경기는 컵스와는 아무 상관이 없는, 자신만의 시합이었다. 퍼펙트게임을 한다고 달라지는 것은 없다.

다만 자신의 팬이었던 아름다운 소녀를 마음속으로 기릴 뿐이다.

1회에도 안타를 쳤던 빅토르 영이 나오자 JP.이디어는 부담스러워했다. 지난 이닝에서 수 싸움에 졌던 것이 기억났다.

삼열은 도루할까 말까를 고민하였다. 그러나 생각이 많아지면 결과가 복잡해진다는 것을 그는 너무나 잘 알고 있었다. 삼열은 머릿속을 비우려고 노력했다. 생각은 감독이 하는 것이지, 투수인 그가 하는 것은 아니다. 특히나 1루의 베이스 위에서는 더욱 그러했다.

'그냥 아웃 카운트 하나 살린 것으로 생각하자.'

삼열은 마음 편하게 생각하기로 했다. 빅토르 영은 치열하게 JP.이디어와 대결을 펼치고 있었다.

삼열이 그냥 걸어서 2루로 가도 될 정도로 허점들이 많이 보였다. 왜 자신을 견제하지 않는지 의아했다. 물론 그가 1루 베이스를 벗어나지 않아서였는지도 모른다. 하지만 그들은 최소한의 경계도 하지 않고 있었다.

그래서 그는 아무 생각도 없이 그냥 2루로 뛰었다.

포수 베일 포즈는 2루로 도루하는 삼열을 보고 아차 했다. 상대 투수는 이미 도루를 많이 한 선수였다. 그런 주자를 주의해야 했는데 빅토르 영이 너무나 까다롭게 타격을 해서 신경을 쓰지 못했다.

삼열이 2루로 도루하자 JP.이디어는 흔들리기 시작했다.

왜 투수들은 상대 투수에게 안타를 맞거나 도루를 당하면 그렇게 급격한 감정의 변화를 보이는지 모른다. 그것은 심리학적인 영역의 문제였다.

흔들리는 JP.이디어의 공을 아주 가볍게 공략한 빅토르 영은 깊은 외야 안타를 만들어냈다. 그 사이 삼열은 홈으로 파고들었다. 삼열이 홈으로 뛰자 외야수가 그대로 홈으로 공을 던졌다.

공을 잡은 베일 포즈가 삼열을 태그하려고 했다. 그런데 의도적으로 팔꿈치로 교묘하게 삼열을 가격하려고 하는 게 아닌가. 이미 신체의 반응 속도가 인간의 범주를 넘어섰다고 해도 좋은 삼열의 눈에는 그게 다 보였다.

'이 자식이, 해보자 이거야?'

삼열은 태그를 피하는 척하면서 발로 남자의 그곳을 힘껏 가격하였다. 그리고 태그를 당했다. 피할 수도 있었지만 완전 범죄를 위해 일부러 아웃을 당해준 것이다.

"크악!"

베일 포즈가 부들부들 떨며 그 자리에서 털썩 쓰러졌다. 이런 일은 삼열에게는 너무나 쉬운 일이었다. 쓰러져 그곳을 붙잡고 부들부들 떠는 모습은 차마 애처로워 눈 뜨고 볼 수도 없었다.

삼열은 당황한 표정으로 포즈를 바라보며 미안하다는 표시를 연신 했다.

자이언츠의 의료진이 뛰어 올라와 그를 진료했다. 자이언츠의 감독이 나와 강하게 삼열의 행동에 고의성이 있다고 주장했지만 주심은 뒤에서 똑똑히 보았다. 포즈의 팔꿈치의 가격을 피하려다가 벌어진 일인 것을.

이번 사건을 통해 베일 포즈는 더 이상 경기를 하지 못하고 교체를 당했다. 포수의 보호 장비가 있어도 강력한 스파이크에 제대로 맞았으니 엄청난 고통을 받았을 것이라는 생각이 들었다.

'자식이, 그렇게 왜 마음씨를 그따위로 써?'

걸어오는 싸움을 결코 피하는 법이 없는 삼열에게 호되게 당한 포즈 대신 헥터스가 나왔지만 JP.이디어는 난처하기만 하였다.

헥터스는 타율과 투수 리드에서 베일 포즈와는 비교가 안 되었다. 게다가 JP.이디어가 헥터와는 같이 호흡을 맞춰본 적이 거의 없다는 점도 문제였다.

상대 투수를 팔꿈치로 일부러 가격하려고 한 베일 포즈는 결국 병원으로 실려 갔다.

그 모습을 똑똑히 본 컵스의 선수들은 몸이 으슬으슬해지는 것을 느꼈다. 다른 팀의 선수들은 몰라도 컵스의 선수들은 잘 알고 있다.

삼열은 먼저 시비를 걸지는 않지만 걸어오는 싸움은 절대로 피하지 않는다는 것을.

"베일 포즈가 먼저 시비를 걸었어."

"그러게, 저렇게 되는 것은 시간문제였어. 괴물 같은 놈. 하필이면 거기를… 아, 불쌍한 놈!"

"내 말이 그 말이다."

로버트와 스티브가 작은 소리로 중얼거렸다.

삼열이 더그아웃으로 걸어 들어오자 선수들은 일제히 그의 눈을 피하고 딴청을 피웠다.

"야, 물 좀 줘라."

"어? 알았어."

로버트가 번개처럼 일어나 게토레이를 삼열에게 갖다 주었다.

"야, 피곤하지 않냐? 내가 어깨 좀 주물러 줄까?"

"왜 안 하던 짓을 하려고 그러냐?"

"하하, 네가 힘들까 봐 그러는 거지."

로버트가 한 손으로 거기를 은근히 가리고 삼열의 앞에서 딸랑거렸다.

"됐거든. 가봐라."

"그, 그럴까?"

원더풀 스카이의 찰리신이 이 해괴한 사건에 대해 침을 튀기며 방송을 했다.

―아, 느린 그림으로 다시 나오는데요. 베일 포즈 선수가 먼저 팔꿈치로 삼열 선수를 가격하려고 했군요. 포즈 정도의 포수면 저런 불필요한 동작을 할 필요가 없지 않습니까?

―네, 삼열 강 선수의 동작도 약간 이상하기는 했지만 확실히 포즈 선수가 불필요한 행동을 먼저 했군요. 저런 행동은 정말 위험한 짓이죠. 이것은 아마도 경기가 끝나면 메이저리그 사무국이 조사할 수도 있겠는데요.

―삼열 강 선수가 피하지 않았다면 상당한 충격을 받았겠

는데요?

—일반 선수도 아니고 투수가, 달려오는 가속도가 있음을 운동선수라면 누구나 알고 있는 상식 아닙니까? 저렇게 팔꿈치를 치켜들면 누구라도 피할 수 없었을 것입니다. 그러니 삼열 강 선수의 행동이 이해가 되는군요.

—삼열 강 선수는 메이저리그 방어율 부분 1위의 선수 아닙니까? 그것도 독보적인 성적으로 말이죠. 게다가 오늘 승리를 하면 명실공히 다승 공동 1위에 올라서는데, 그런 선수를 향해 저렇게 위험한 플레이를 하다니요. 도치 감독, 이거 실망인데요. 적반하장으로 고의적인 반칙을 어필하다니요. 제정신이 박혔으면 저렇게 하지 못하죠.

전광판에 아까의 그림이 느리게 다시 나왔다. 베일 포즈가 의도적으로 삼열을 팔꿈치로 가격하는 모습이 생생하게 나왔다.

그러자 관중석이 분노로 들끓었다. 야유와 함께 물병이 날아들었다.

느린 그림으로 다시 보게 되자 베일 포즈의 행동이 의도적이었음이 명백히 보였다.

자이언츠 선수들은 고개를 숙였다.

"개자식, 하려면 티라도 안 나게 하든가. 아니면 성공을 하거나.”

수염이 덥수룩하게 난 하비 산도발이 중얼거렸다. 이때부터 JP.이디어가 흔들렸다. 설상가상으로 수비의 실책도 많이 나왔다. 평범한 공도 범블(bumble)을 해서 더듬거리기 시작한 것이다.

그 결과 JP.이디어는 3회에만 4점을 내줬다. 공수가 바뀌어 더그아웃에 들어온 그는 글러브를 집어던지며 화를 냈다. 그의 커리어에서 이렇게 많은 점수를 준 날은 극히 드물었다.

원정을 왔지만 4만 명이 넘는 관중이 모두 적으로 변해 야유와 모욕적인 말을 서슴지 않았다. 심지어 자이언츠를 응원하던 3루석의 관중들조차 그들을 비난했다.

시카고 컵스의 팬이 아니라도 삼열의 팬은 아주 많았다. 그들의 집에도 아이들이 있다.

없다고 하더라도 아이들에게 친절한 삼열을 좋게 보는 것은 당연한 일이었다.

그리고 그는 그냥 컵스의 투수가 아니라 메이저리그의 기록을 갈아엎을 수 있는 위대한 투수가 될 선수다. 케리 우드와 마크 프라이어를 기억하고 있는 컵스의 팬들은 이 새로운 영웅에게 완전히 빠졌다. 그는 한마디로 차원이 다른 선수로 여겨졌다.

삼열이 마운드에 서자 박수가 터져 나왔다. 삼열은 쏟아지는 박수에 양심이 찔렸다. 비겁한 짓을 하기는 피차일반이었다. 단지 상대가 먼저 했을 뿐이다.

'흐음, 이래서 평소의 이미지 관리가 중요한 것이군.'

삼열은 고개를 좌우로 움직여 몸을 풀며 이 기이한 시합이 빨리 끝나기를 바랐다. 그의 기대대로 자이언츠의 타자들은 연신 삼진을 당하며 물러났다.

모든 것이 순조롭게 흘러갔다. 마치 하늘에서 마리아나가 도와주는 것 같았다. 8회까지 퍼펙트로 막았다. 모두 한마음으로 삼열의 새로운 기록 달성을 위해 힘을 모았다.

8회까지 삼열이 삼진을 잡은 개수는 모두 15개였다. 아웃 카운트 세 개를 남겨놓고 삼열은 다시 마운드에 섰다.

이기고 지는 것은 이미 결정이 났다고 봐도 좋았다. 8 : 0으로 양 팀의 점수 차가 크게 벌어졌으니 말이다.

삼열은 마운드에 서서 호흡을 크게 했다. 신선한 공기가 폐를 채우고 그 일부가 머리로 들어가 맑은 정신을 유지하게 해 줬다.

"파워 업!"

삼열이 외치자 리글리 필드가 파워 업을 외치는 소리로 가득 찼다. 모든 사람이 삼열의 투구를 주시하였다. 이제 단 세 개, 세 개의 아웃 카운트를 잡으면 대기록이 달성되는 것이다.

삼열은 공을 던졌다. 이상한 열기로 인해 그는 오늘 무리를 했다. 평상시 설렁설렁 던지던 때와는 비교가 되지 않을 정도로 경기에 집중했다.

평.

"스트라이크."

여전히 위력적인 공이었다. 9회가 되어 처음과 같은 날카로운 맛은 없었지만 여전히 공 끝의 무브먼트가 좋았다. 온몸이 팽팽한 공기로 불어난 것처럼 정신을 오직 공을 던지는 것에만 집중했다.

평.

"스트라이크."

삼열은 공 세 개로 삼진을 잡았다. 그러자 마치 거대한 해일이 덮치듯 박수가 터져 나왔다.

삼열은 이렇게 경기에 집중해 본 적이 없었다. 그리고 이렇게 간절하게 퍼펙트게임을 원한 적도 없었다. 기록은 선수의 몸을 망치는 원흉이라고 생각하는 그로서는 이날은 확실히 예외적인 날이었다.

이제 아웃 카운트는 두 개로 줄어들었다. 긴장의 순간이 계속되었다. 환희와 절망이 인간의 표정에 그대로 나타나고 있었다.

도치 감독의 얼굴은 창백하게 질렸다. 그는 오늘이 최악의 날이라고 생각했다. 매너에서도 지고 게임에서도 지고. 그것도 다름 아닌 퍼펙트게임으로 지는 것이다.

입이 썼다. 침을 삼키는데도 목구멍이 아파왔다. 도대체 왜 이런 일이 벌어졌는지 그는 이해할 수 없었다. 단 한 번의 실수가 모든 것을 망쳐 버렸다.

여기는 컵스의 홈구장. 그런 실수는 홈에서 해도 무마되기가 힘든데, 컵스의 구장에 설치된 수십 개의 카메라 앵글을 속일 수 있을 것으로 생각하다니. 너무나 뛰어난 투수에 대한 시기심이었을까?

딱.

외야로 날아가는 공을 따라가던 빅토르 영의 발이 일순 삐끗했다. 그리고 공이 그의 글러브를 맞고 튕겨서 땅에 떨어졌다. 일순 리글리 필드는 숨 막힐 듯한 정적에 빠져들었다. 공을 친 브래드 지토조차도 1루에서 머물러 더 이상 움직이지 않았다.

"아, 퍼펙트가 날아갔어."

"말도 안 돼."

"헉, 이럴 수가!"

관중석에서 비명이 튀어나왔고 베일 카르도 감독은 인상을 썼다.

위대한 기록이 사소한 수비 실수로 이루어지지 못했다. 평범한 외야 뜬공이었다. 평상시의 빅토르 영이라면 눈을 감고도 잡을 수 있는 공이었다.

삼열도 멍하게 마운드에 서서 가만히 있었다. 그토록 원했던 기록이 순식간에 날아가 버렸다.

그것은 그가 처음으로 원했던 것이었다. 온몸의 기운이 모두 빠져나간 듯 서 있기조차 힘들었다. 하지만 이제 아웃 카운트는 두 개 남았다.

베일 카르도 감독이 올라와 바꿔주려는 것을 거절하고 끝까지 던지기로 했다. 어쨌든 이 경기는 마리아나를 위한 것이니 자신이 마무리하는 것이 옳다고 여겼다.

삼열은 안타와 홈런까지 맞고 3점을 내주고야 경기를 마칠 수 있었다.

인간의 육체라는 것이 이토록 약한 것이라는 것을 삼열은 뼈저리게 느꼈다.

단순히 기대 하나가 무너졌을 뿐인데 이렇게 흔들린다는 것이, 모든 육체의 힘이 빠져나간다는 것이 이해되지 않았다.

마리아나가 아니었다면 점수가 나기 전에 마운드에서 내려갔을 것이다.

다음 기회도 있지만 언제까지나 마리아나의 아픔을 가슴에 간직할 수는 없다. 그녀를 더 좋은 기억으로 남겨두기 원했다. 그런데 결과는 멋지게 실패했다.

삼열은 경기가 끝나자 빅토르 영을 향해 번개같이 뛰어갔다. 그리고 곧 악 하는 소리와 함께 빅토르 영이 그라운드에 쓰러졌다. 삼열이 이마로 빅토르 영을 받아버린 것이다.

다시 리글리 필드는 경악으로 빠져들었다. 경기를 망친 빅토르 영이 밉다고 4만 명이 지켜보는 앞에서 폭력을 사용한 것이다.

삼열은 쓰러진 빅토르 영을 향해 조그맣게 중얼거렸다.

"이 경기는 나의 팬, 천사 같은 소녀 마리아나를 위한 경기였어. 네 탓은 아냐. 하지만 화가 나."

그러자 빅토르 영은 왜 그가 그토록 경기에 집착했는지 이해했다. 그리고 그다지 아프지는 않았다. 세게 맞지 않은 탓도 있지만 자신의 실수가 그의 대기록을 망쳐 버린 것을 알았기 때문이다. 아니, 오히려 한 대 맞자 죄책감이 덜어진 느낌마저 들었다.

"미안하다. 정말 미안해."

빅토르 영이 일어나 삼열의 등을 다독거렸다. 다른 것도 아니고 죽은 소녀 팬을 위한 경기였다는데 뭐라고 할 염치가 없었다. 자신이 그 뜻깊은 경기를 망친 것이었으니.

하지만 이 사건은 미국 사회에 굉장한 이슈가 되었다. 그동안 삼열에게 우호적이었던 언론과 팬들이 거리를 두기 시작했다. 오히려 성숙한 행동을 보인 빅토르 영의 인기가 올라가기까지 했다.

이례적으로 메이저리그 사무국 상벌 위원회가 그라운드에서 일어난 폭력 사태에 대해 빠르게 처리했다. 삼열에게는 20경기 출장 정지에 1만 달러의 벌금이 내려졌다.

삼열은 묵묵히 그 처분을 달게 받았다. 1만 달러가 아까웠지만 그렇다고 후회되지는 않았다.

이제는 아이들도 삼열에게 가까이 다가오지 않았다. 미국 사회는 정직을 지나칠 정도로 강조한다. 그리고 폭력에 대한 반감이 엄청나게 크다. 부모가 자식을 체벌해도 경찰이 와서 체포해 갈 정도이니.

다양한 인종과 문화가 혼합된 사회에서 살아가려면 법이 엄해야 했다. 그래서 무엇보다도 폭력에 대한 조치는 그 어떤 나라보다 강력하다.

모든 사람이 보는 앞에서 폭력을 행사했으니 삼열로서는 할 말이 없었다. 오히려 구단이 나서서 해명했지만 한 번 돌아선 팬들의 마음을 되돌리기는 어려웠다.

삼열은 공을 던지는 것이 즐거웠다. 자신의 행동으로 인해 인기가 떨어져도 할 말은 없었다. 원래 세상이 냉정하다는 것을 너무 일찍 알고 있던 그다.

그리고 그는 그 순간에 참을 수 있었지만 참지 않았다. 다시 이런 기회가 쉽게 오지 않을 것이라는 것도, 자신이 앞으

로는 더 이상 퍼펙트게임을 원하지 않을 것을 알았기 때문이
다.

삼열은 마리아에게 휴가를 내서 같이 여행을 가자고 했다.
마리아는 삼열이 정말 그런 말을 할 줄은 몰랐다. 이런 일이
생기면 이렇게 할 것이라고 이야기를 했었지만 정말 하자고
할 줄은 몰랐다.

"아, 달링. 하지만 휴가가 쉽게 나지 않을지도 몰라요."

"그렇겠지요?"

삼열은 피식 웃었다. 그런 그가 안타까워 마리아가 물었다.

"왜 그랬어요? 참을 수 있으면서."

"그러고 싶었어요. 내가 그렇게 하지 않았으면 모든 사람들
이 빅토르 영을 미워했을 거예요. 하지만 나는 이런 일에 익
숙하거든요. 난 악동 이미지이니 뻔뻔해도 사람들은 이해하겠
죠. 저놈은 원래 저런 놈이라고. 그리고 곧 사람들은 나에게
다가오겠죠. 컵스를 사랑하는 만큼 내가 필요할 테니까요. 물
론 이전만큼 가깝게 다가오지는 않겠지만."

"아, 달링! 존경스러워요. 하지만 왜 그렇게까지 자신을 희
생해야 하죠?"

"마리아, 절대 희생이 아니에요. 우리는 팀이고 빅토르 영은
우리 팀에 꼭 필요한 선수니까요. 그가 슬럼프에 빠지면 컵스
는 휘청거릴 거예요. 그리고 정말 한 대 치고 싶기도 했고요.

정말로치고 싶었어요."

"호호, 못 말려요. 하지만 나만은 당신이 이런 사람이라는 것을 알고 있으니 정말 다행이에요. 그리고 행복해요. 당신을 알고 당신을 사랑하게 돼서요."

"난 그렇게 좋은 사람이 못돼요."

"아니에요. 당신은 내가 아는 사람 중에서 가장 좋은, 훌륭한 사람이에요."

마리아가 삼열을 위로하며 살포시 안겨왔다.

『MLB―메이저리그』 7권에 계속…

# 초대형 24시 만화방

신간 100%, 샤워실, 흡연실, 수면실(침대석), 커플석, 세탁기 완비

## ■ 강북 노원역점 ■

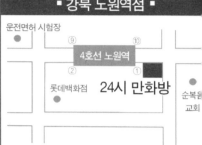

서울 노원구 상계동 340-6 노원역 1번 출구 앞 3층
02) 951-8324 (화용빌딩 3층)

## ■ 일산 정발산역점 ■

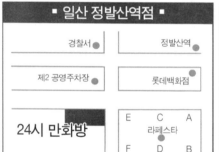

라페스타 E동 건너편 먹자골목 내 객잔건물 5층
031) 914-1957

## ■ 일산 화정역점 ■

경기도 고양시 덕양구 화정동 984번지 서일빌딩 7층
031) 979-4874 (서일사우나 건물 7층)

## ■ 부천 역곡역점 ■

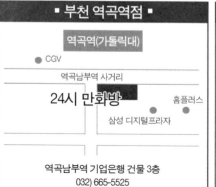

역곡남부역 기업은행 건물 3층
032) 665-5525

## ■ 부평역점 ■

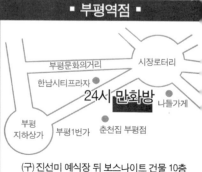

(구) 진선미 예식장 뒤 보스나이트 건물 10층
032) 522-2871

# 월야환담

채월야 · 홍정훈 장편 소설

## "미친 달의 세계에 온 것을 환영한다!"

서울을 중심으로 펼쳐지는 뱀파이어, 그리고 뱀파이어 사냥꾼들의 이야기!
한국형 판타지의 신화, 월야환담 시리즈 애장판
그 첫 번째 채월야!

Book Publishing CHUNGEORAM

유행이 아닌 자유추구 -
WWW.chungeoram.com

내일을 향해 쏴라
김형석 장편 소설
FUSION FANTASTIC STORY
1만 시간의 법칙!
'성공은 1만 시간의 노력이 만든다' 는 뜻이다.
그러나…
사회복지학과 복학생 수.
전공 실습으로 나간 호스피스 병동에서
미지와 조우하다.
1만 시간의 법칙?
아니, 1분의 법칙!
전무후무한 능력이 수에게 강림하다!
맨주먹 하나로 시작한 수의
인생역전이 시작된다!
Book Publishing CHUNGEORAM
유행이 아닌 자유추구 -
www.chungeoram.com

승유 퓨전 판타지 소설
FUSION FANTASTIC STORY

# 환생마법사
### Magician return

빠져나갈 수 없는 환생의 굴레.
그는 내게 마지막 기회를 주었다.

## "이 세계의 정점이 된다면…
## 네가 살던 곳으로 돌려보내 주겠다."

대륙 최고를 향한 끝없는 투쟁!
100번째 삶.

## 더 이상의 실수는 없다.

Book Publishing CHUNGEORAM

유행이 아닌 자유추구 —
WWW.chungeoram.com

# THE MODERN SUMMONER

FUSION FANTASTIC STORY

## 현윤 퓨전 판타지 소설

하늘이 무너져도 솟아날 구멍은 있다!

드래곤의 실험으로 모진 고난을 겪어야 했던 레비로스!
우여곡절 끝에 소환술사가 되어 최강의 자리에 오르지만
운명은 그를 나락으로 떨어뜨린다.

## 『현대 소환술사』

### 다시 한 번 주어진 삶!
### 그러나 그마저도 암울하기 그지없는데……

## 소환술사 레비로스의
## 인생 역전이 시작된다!

Book Publishing CHUNGEORAM

유행이 아닌 자유추구
WWW.chungeoram.com